대통령의 요리사

다섯 대통령을 모신
20년 4개월의 기록

대통령의 요리사

천상현
전 청와대 총괄조리팀장

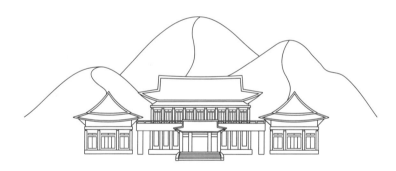

쌤앤
파커스

대통령의 삼시세끼를
추억하며

문재인 대통령 재임기간에 청와대를 나올 때만 해도 다시 이곳에 올 일은 없겠구나 싶었다. 이 특별한 공간은 누군가 초청해주지 않으면 들어갈 수 없는 곳이기 때문이다. 하지만 2022년 5월 10일 청와대가 개방되면서 역대 대통령들이 영욕의 세월을 보낸 그곳을 국민들이 직접 방문할 수 있게 되었다. 나 역시 인터뷰를 위해 오랜만에 다시 청와대를 찾았다. 수많은 인파에 휩싸여 청와대 곳곳을 거닐다 보니 감회가 새로웠다.

특히나 직장으로 볼 때는 결코 쉬운 곳이 아니다. 보안과 안전을 최우선으로 작은 실수도 용납되지 않기 때문이다. 지난 20여 년간 나는 단 한순간도 긴장의 끈을 놓을 수 없었다. 30대 초반 처음 청와대에 들어가 50대까지 인생의 황금기를 보내며 가족들과의 평범한 일상은 물론 개인적인 생활조차 마음 놓고 할 수 없었다. 하지만 이제 와 돌이켜보면 더없이 명예롭고 보람된 시간이었다. 무엇보다 길다면 긴 시간 동안 큰 과실 없이 국가의 원수를 모실 수 있었으니 참으로 운도 많이 따라주었다.

대학 시절 내내 나는 전공인 토목공학에는 관심이 없었다. 그래서 졸업 후 한동안 일을 찾지 못하고 헤매다가 보험 영업을 하게 되었다. 하지만 그것도 잠시, 도무지 적성과 맞지 않아 그만두었다. 다시 반백수 생활을 하던 중 친구를 따라 신라호텔 중식당 채용공고에 응시했다. 그렇게 나의 요리 인생이 시작되었다. 가족은 물론 나조차도 생각해보지 못한 요리사의 길은 천직이 되었고, 청와대에서 대통령을 모시는 요리사라는 영예도 품에 안았다.

이 책은 내가 겪은 다섯 분의 대통령이 청와대에 계시는 동안 드신 삼시세끼뿐 아니라 휴가와 해외순방 그리고 각종 만찬까지, 공식적인 행사는 물론 그분들의 지극히 일상적인 이야기도 함께 담고 있다. 청와대가 대중들을 향해 개방된 크기만큼 이제는 대통령의 관저 속 이야기도 일부 공개될 때라고 생각한다.

청와대 요리사들의 음식 가운데 유난히 중식을 좋아하셨던 김대중 대통령, 주방에 불쑥 들어와 "맛있게 잘 먹었다" 인사를 건네셨던 노무현 대통령, 행사장에서 성악곡을 부른 요리사에게 술 한잔을 권한 이명박 대통령, 주방에서 들어와 요리사와 함께 음식을 만든 김윤옥 여사, 노무현 대통령 퇴임 후 봉하마을로 요리사를 포함한 직원 30여 명을 초대한 권양숙 여사, 임기를 채우지 못한 채 청와대를 떠나던 날, 직원들에게 일일이 감사의 인사를 건넨 박근혜 대통령, 점심은 늘 관저 식당이 아닌 집무실이 위치한 여민관에서 드신 문재인 대통령….

이 책에 등장한 대통령들의 에피소드는 그동안 매스컴을 통해 접하지 못했던 지극히 일상적인 면모들이다. 이 소소한 이야기들이 그분들을 다시 한번 추억하는 기회가 될 것이라 믿는다. 나 또한 다섯 분의 대통령을 모시면서 겪었던 일화를 하나둘 떠올리며 잠시나마 몸과 마음을 다해 요리를 만들었던 푸른 기와의 추억에 젖을 수 있었다.

김대중 대통령부터 문재인 대통령까지 나에게는 모두 국민이 뽑아준 소중한 대통령이었다. 나에게는 그분들의 정치적 공과를 떠나 성심을 다해 모셔야 할 의무가 있었다. 그리고 다섯 분의 대통령과 함께한 20여 년의 시간은 참으로 행복했다.

내가 이 책을 펴내게 된 또 다른 이유는 앞으로 나와 같은 길을 걷는 후배들에게 도움이 되길 바라는 마음에서다. 훗날 그들을 위한 교육기관을 열어 작은 도움이라도 주고 싶은데,《대통령의 요리사》가 바로 그 첫걸음이라고 할 수 있겠다. 이 책을 통해 그동안 몰랐던 청와대 주방의 이야기뿐 아니라 요리사에게 필요한 마음가짐과 소명도 배울 수 있길 바란다.

차례

2 한 분의 귀한 손을 맞듯 대통령을 모시는 마음

노무현 대통령 (2003~2008)

3 몇 번의 계절이 바뀌어도 그 자리에 남는 것들

이명박 대통령 (2008~2013)

"

여러분들 덕분에
매일 맛있는 밥을 먹고 있습니다.

"

1장

운명처럼 받아들인
청와대 요리사의 길로

김대중 대통령
(1998~2003)

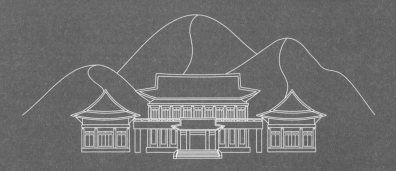

신라의 인연

"상현아, 가족들을 먹여 살릴 수나 있겠냐? 장남은 밥벌이가 보장되는 직업을 가져야 해. 평생 일할 수 있는 전문 기술을 배워야 걱정 없이 살 수 있다."

어릴 적 내 꿈은 축구선수였다. 초등학교 시절 축구만큼은 어느 누구에게도 뒤지지 않았고, 학교가 파하면 늘 운동장에서 해가 질 때까지 축구를 하곤 했다. 축구로 명성이 자자한 한양중학교에 다닐 적에는 선생님들로부터 재능을 인정받아 축구부원이 되려고도 했었다. 하지만 아버지가 반대하셨다.

어린 마음에 아버지의 말씀이 못내 서운했지만 포기할 수밖에 없었다. 빚보증을 잘못 서는 바람에 생계를 위해 목포에서 서울로 올라와 일용직부터 노점상까지 안 해본 일이 없었던 아버지의 고단한 삶을 누구보다 잘 알고 있었기 때문이다. 나는 중학교 졸업을 앞둔 그해 겨울, 두말하지 않고 실업계고등학교 입학을 선택했다. 대신 막냇동생은 좋아하던 축구를 계속해 훗날 프로축구팀에 입단했다.

아버지의 뜻에 따라 진로를 정하기는 했지만 축구선수의 꿈이 좌절된 후에는 뚜렷한 목표가 없었다. 고등학교 3년 내내 대학에 간다면 무슨 전공을 택해야 할지, 사회에 나가서는 무슨 일을 해야 할지 막연하기만 했다. 그래서 대학 입시를 앞두고 전공을 선택할 때도 그저 당시에 가장 인기 있던 전자공학 계열에 응시했다. 하지만 기대와는 달리 2지망까지 모두 떨어지고 3지망인 토목공학과에 합격했다. 토목공학에 대해서는 아는 바가 전혀 없었지만 졸업하면 건설 현장에서 일하겠구나 하는 생각에 선뜻 내키지는 않았다.

"아버지, 토목공학과에 합격했는데…. 제가 이걸 제대로 할 수 있을지, 일자리는 잡을 수 있을지 걱정입니다."

"학교 가서 배우면 다 알게 된다. 아버지는 학교에서 배운 적도 없어서 일하며 배우고 그랬다. 공부든 일이든 다 네가 하기 나름인 거야. 토목도 네가 성실하게만 하면 돈벌이는 괜찮다."

그렇게 눈떠보니 입학은 했지만 역시나 토목공학은 나와 잘 맞지 않았다. 학과 공부에 영 뜻이 없던 나는 졸업 후에도 다른 일을 해볼 요량으로 이 일 저 일 찾아 헤맸다. 그러던 중, 하루는 친구가 자기를 따라 어디를 좀 가보자고 했다.

"상현아, 우리 뭐든 해보자. 내가 아는 선배 형이 보험 영업을 하는데 우리 그 형 밑에서 같이 일해볼래? 기본급에 잘만 하면 수당도 나오고 괜찮대."

보험 영업이라니. 말주변도 없는 내가 무슨 영업을 할 수 있을까. 난 친구의 말을 듣자마자 하루도 못 하고 관둘 거라며 손사래를 쳤다. 하지만 집으로 돌아가는 버스 안에서 퇴근하는 직장인들을 보고 있자니 마음 한편에서 언제까지 이렇게 헤맬 수만은 없겠다는 생각이 들었다.

다음 날 아침, 친구를 따라 신천역 근처에 있는 국민생명보험에 갔다. 회사 로비에서 우리를 보고 반갑게 인사를 건네는 친구의 형님은 잘 다려진 양복에 넥타이까지 매고 있어 누가 봐도 번듯한 직장인의 모습이었다. 형님은 쭈뼛거리며 제대로 인사도 못 하는 숫기 없는 나를 보며 자신도 처음엔 엄두를 못 냈는데 지금은 팀장까지 달았으니 걱정하지 말라며 격려해주었다.

나와 친구가 맡은 일은 직장인 단체보험 세일즈였다. 사업장에 찾아가 5인 이상을 보험에 가입시키되 이 중 1명이라도 중간에 해약을 해서는 안 되는 까다로운 조건이었다. 첫 번째 사회생활이었으니 마땅히 영업에 도움을 줄 만한 사람도 없었다. 도대체 누구와 어떤 이야기를 해야 할지 모든 게 막막했다.

매일 아침 출근 도장을 찍고 영업점 건물 밖을 나오면 오늘은 동서남북 어느 쪽으로 가야 할지 몰라 멍하니 서 있기도 했다. 학창 시절 개수대에서 손을 씻다가 여학생이 오면 수도꼭지를 잠그지도 못하고 물러설 정도로 낯가림이 심한 내가 영업을 하겠다고 나섰으니…. 지금 생각하면 얼토당토않은 일이었다. 게다가 그 무렵 나는 비쩍 말라 60킬로그램도 안 되는 왜소한 체격이라 양복을 입어도 옷태가 나지 않았다. 한마디로 비호감 영업사원이었다. 방송에 나오는 지금의 모습을 보면 그때의 나는 왜 그렇게 볼품없는 데다 말도 서툴고 넉살이라고는 찾아볼 수 없었는지 의아스러울 정도다.

오전 내내 돌아다녀도 명함 한 장 받기 힘든 날이 대부분이었다. 설명할 기회는커녕 문전박대당하는 일도 부지기수였다. 그렇게 정처 없이 돌아다니다가 해가 질 무렵 친구와 포장마차에서 순대에 소주를 마시며 신세 한탄을 했다. 내일도 별반 다르지 않을 걸 알면서도 친구와 함께하는 일이었고, 식대와 교통비는 나오니 몇 달만 더 해보자고 서로를 다독였다.

그렇게 5개월 만에 드디어 나에게도 계약의 기회가 찾아왔다. 마장동에 있는 직원 20명 규모의 공업사에서 점심시간 무렵 직원들을 모을 테니 와서 설명을 해보라는 연락이었다. 물론 내가 영업을 하는 사업장은 아니었다. 넉 달이 넘도록 실적이 없던 나를 염려하던 팀장님이 주선해준 자리였다. 어찌나 긴장되던지 전날 새벽까지 뒤척거리며 잠을 이루지 못했다. 아침에 일어나 거울을 보니 눈은 퀭하고 볼은 홀쭉해서 평소보다 더 볼품없었다. 그래도 빳빳하게 다림질한 와이셔츠에 넥타이를 조여 매고는 첫 출근길마냥 단단히 각오를 하고 버스에 올라탔다.

하지만 공업사가 가까워질수록 가슴이 뛰고 머릿속은 하얘졌다. 마침 도착해 있던 팀장님이 공업사 담당자에게 나를 소개해주었다. 그리고 어깨를 두드리며 건넨 말이 나의 도망간 정신을 다시 붙잡아주었다.

"상현아, 준비한 대로만 하면 돼. 내가 도와줄 테니 너무 걱정하지 마라."

담당자에게 인사를 꾸벅하고는 고개를 들었다. 공업사 안쪽에 6, 7명의 직원들이 모여 앉아 있었다. 한 발 한 발 다리에 힘을 주고 걸어가서는 준비해온 자료를 나눠주었다.

"안녕하세요. 국민생명보험에서 나온 천상현입니다. 이렇게 귀한 시간 내주셔서 감사합니다. 저희 직장인 단체보험은 불의의 사고를 당하셨을 때 받을 수 있는 보장성 보험과…."

준비해온 멘트를 쉴 틈 없이 줄줄 읊어대고 나니 도대체 내가 무슨 말을 했는지 기억조차 나지 않았다. 혼이 나가버린 나머지 다리에 힘이 풀려 제대로 서 있기조차 힘들었다. 만약 이 단체보험이 성사된다면 그동안의 부진을 단번에 씻을 수 있는 상황이었다. 다행히도 그날의 계약은 무사히 성사되었고 그 계약이 나의 처음이자 마지막 계약이었다.

그로부터 두 달이 흘러도 팀장님의 도움으로 성사시킨 계약 외에는 별다른 성과가 없었다. 시간이 흐를수록 나와 맞지 않는 일이라는 생각이 확고해졌다. 당시에는 보험에 대한 사람들의 인식도 그다지 좋지 않았기에 이 일을 계속하려면 강한 동기가 있어야만 했다. 하지만 도무지 의지가 생기지 않은 나머지 6개월째 되던 날 그만두겠다고 말씀드렸다. 동네 형님 같던 팀장님도 더는 나를 붙잡지 않았다. 보험 영업을 함께 시작한 친구도 그 무렵 함께 일을 접었다.

또다시 백수 생활이 시작되었다. 몸은 편했지만 마음은 여간 불편한 게 아니었다. 종일 방 안에 있을 수만은 없는 노릇이니 아침에 주섬주섬 옷을 입고 무작정 집을 나서기도 했다. 하지만 나를 불러주는 곳도, 내가 갈 만한 곳도 없는 신세인지라 신문 하나 사 들고 정처 없이 걷고 또 걸었다. 출근 도장을 찍고 나오면 어디로 가야 할지 막막해하던 그때와 크게 다를 바가 없었다. 가슴이 답답해졌다.

그러던 어느 날이었다. 한동안 무일푼으로 지내던 중 친구로부터 다시 연락이 왔다.

"상현아, 너 신라호텔 알지? 거기 중식당에서 사람을 뽑는대."

"응? 뭐래. 그 유명한 호텔에서 사람 뽑는 거랑 우리랑 무슨 상관이야."

당시 친구의 형수는 신라호텔 고문이었던 이인희 씨의 비서였다. 학교 졸업 후 제대로 된 일자리를 찾지 못해 방황하는 우리가 신경이 쓰였는지 일자리를 제안한 것이다. 보험 영업에 비해 급여나 대우도 낫고 제대로 배우면 나중에 가게도 차릴 수 있으니 지원해보라고 했다는데, 사실 나에게는 보험만큼이나 황당한 제안이 아닐 수 없었다.

"우리 형수 말로는 가서 배우면 된대. 그리고 둘이 같이하면 의지도 되고 괜찮을 거래. 우리 해보자. 응?"

중식이라고는 짜장면, 짬뽕 먹어본 게 전부고 자격증도 하나 없는데 요리사라니…. 그런데 곰곰이 생각해보니 친구의 말처럼 보험 일보다는 낫겠다는 생각이 들었다. 게다가 혼자가 아니고 친구와 둘이라면… 낯선 일도 해볼 만하지 않을까? 막연한 자신감이 생겼다.

그러고 보니 나는 평소 혼자 김밥을 열 줄씩 말아 먹고, 찌개도 뚝딱 끓이는 등 제법 음식을 즐기는 편이 아니던가. 요리 솜씨가 좋았던 어머니가 작은 식당을 운영했을 때 시장을 다니며 어깨너

머로 이것저것 주워들은 것도 많았다. 나는 그길로 당장 친구에게 향했다.

"부욱아, 우리 한번 해보자. 뭐, 못 할 거 없다."

중식당 막내의
청와대 입성기

"호텔 중식당에서 일하게 되었다고?"

합격 통보를 받고 가장 먼저 한 일은 아버지께 소식을 전하는 것이었다. 예상했던 대로 아버지는 염려스러운지 토목 일을 하는 게 더 낫지 않겠냐며 말씀하셨다. 하지만 나는 아버지를 설득했다. 신라호텔이면 우리나라 최고의 호텔이니 최선을 다해보겠다며 의지를 보였다.

아버지는 덤덤하게 그러라고 하셨다. 다만 요리사라는 직업이 잘 맞을지는 반신반의하시는 듯했다. 그런데 정작 나는 거리낌이 없었다. 면접 때 자세한 이야기를 들어보니 요리사라는 직업이 상당히 괜찮게 느껴졌고, 친구 말대로 열심히 배우면 나중에 가게도 차릴 수 있겠다 싶었다.

무엇보다 중식부는 한식, 일식, 양식에 비해 여러 가지로 메리트가 있었다. 당시에는 음식에 대한 관심보다 급여는 얼마인지, 일은 고된지, 휴식시간은 있는지 같은 근무조건이 더 중요하던 때였는데 중식부가 여러모로 끌렸다.

일단 중식은 파트별로 분업화가 잘되어 있었다. 불판, 칼판, 면판, 전표로 일이 확실히 나뉘었다. 그중 '칼판'은 각종 재료를 수급해 조리 및 손질을 해놓는 파트다. '면판'은 면을 반죽하고 뽑아놓는 파트이며, '불판'은 손님에게 나갈 요리를 전담하는 파트다. 그리고 마지막 '전표'는 홀에서 손님을 받아 주문을 관리하는 파트다.

이렇게 각각의 업무가 분업화되어 있다 보니 일을 체계적으로 배울 수 있고, 자신이 맡은 일만 끝나면 쉴 수 있다는 장점도 있었다. 특히 면판은 상대적으로 일이 빨리 끝나는 편이었다. 그럼에도 선배들이 많이 포진된 불판 일을 돕거나 눈치를 보지는 않았다. 그때는 이런 업무 방식이 가장 큰 장점으로 다가왔다. 또 일을 하다 보니 중식은 한식에 비해 재료 손질도 비교적 간단하고, 조리법도 기본기만 탄탄하게 익히면 그만이었다. 불판에서 중식의 꽃이라 불리는 웍(중국에서 기원한 커다란 냄비와 솥의 중간에 있는 조리도구)을 돌리며 전문성을 마음껏 쌓아갈 수 있었던 것이다.

나의 첫 업장은 신라호텔 외식사업부에 속해 있던 '도리'였다. 태평로 삼성생명 지하에 있던 곳으로 당시만 해도 서울의 대표적인 중식당이었다. 식사시간에는 줄을 서는 손님들로 금세 장사진을 이루었고, 정·재계 인사들의 단골식당으로 기자간담회도 자주 열렸다.

도리에 입사한 후 처음 맡은 일은 식재료를 담는 각종 스테인리스 그릇을 닦고 주방용 요리 장비를 정리하는 일이었다. 손님에게 내놓는 접시와 식기를 닦는 아주머니들은 따로 있었기에 내가 관리하는 것은 조리에 한정된 도구들이었다. 그 외에 쓰레기 분리수거 등 허드렛일과 잔심부름을 담당했었다. 하지만 면판장님은 며칠 만에 나에게 새로운 임무를 주셨다.

"상현아, 오늘부터는 면 반죽하고 뽑는 걸 배워라. 내가 하는 걸 단디 보고 하면 된다. 나도 다 그렇게 배웠다."

출근한 지 7일 만에 면과 관련된 일을 배울 수 있어 행운이라는 생각보다는 덜컥 겁부터 났다. 면판 막내가 뽑은 면이 손님상에 나가다니…. 그때 부욱이도 면판에 같이 있었다.

반죽의 농도는 감으로 익히는 것인데 나는 빨리 익혔고 제법 요령도 생겼다. 몇 주 동안은 면판장 앞에서 반죽과 뽑기를 반복했다. 그렇게 합격점을 받자 면판에 식사 전표가 왔을 때 면을 삶아 워 담당자에게 전달하는 일까지 맡게 되었다. 불판 근처도 못 가는 면판 막내였지만 이제 나도 어엿한 요리사가 되었다는 생각에 우쭐한 기분도 들었다. 보험 영업을 할 때는 출근길 버스 안에서 오늘 하루는 또 어디 가서 누굴 만나야 하나 그저 막막했다. 하지만 이제는 내가 잘할 수 있는 일이 있다는 생각에 출근이 기다려졌다.

출근을 하면 밀가루 한 포대(20킬로그램)를 반죽한 후 오전 11시 전까지는 면을 모두 뽑아놓아야만 한다. 면판 위에 면을 지그재그로 가지런히 쌓아 올려 면포로 덮고 나면 그렇게 뿌듯할 수가 없었다. 3개월쯤 지나자 반죽과 면 뽑기에도 어느 정도 자신감이 붙었다. 그렇게 일이 손에 익자 서서히 긴장도 덜하게 되었다.

하지만 불과 칼을 쓰는 조리공간에서는 한시도 긴장을 늦춰서는 안 된다. 방심하는 순간 사고가 나기 일쑤라서 아침마다 주의사항을 되새기는 이유다. 칼판이나 불판이 아닌 면판에서 일하던 나는 상대적으로 안전에 대한 경각심이 덜했다. 그래서였을까. 지금도 그때만 생각하면 다친 손끝이 아려오기 시작한다.

그날도 여느 때처럼 기계에 반죽을 넣고 면을 뽑는 중이었다.
"어, 어, 어…. 아악!!"
주방 안은 나의 비명소리와 기계 굉음으로 순식간에 아수라장이 되었다. 면 반죽을 기계에 넣는 순간 손가락이 딸려 들어간 것이다. 롤러 사이로 오른쪽 손가락이 들어가자 놀라 순간 확 잡아 뺐는데 그 와중에 손톱이 벌어지고 살점이 떨어져나갔다. 주방 바닥에 피가 뚝뚝 흐르는 것이 보이자 그제야 무슨 일이 벌어졌는지 실감할 수 있었다. 정신이 혼미해져서 그 순간에는 통증도 느껴지지 않았다. 형님들이 달려와 지혈해준 손을 부여잡고 병원으로 향했다. 택시 안에 앉아 있으니 비로소 온몸이 떨리는 통증이 느껴졌다.

"손톱 뿌리까지 다친 건 아니어서 손톱이 자라긴 할 겁니다. 그런데 상처가 너무 깊어서 회복하는 데 한 달 정도는 걸리겠습니다."

붕대에 감긴 손이 연신 욱신거렸지만 의사 선생님의 말씀을 들으니 그제야 안심이 되었다. 병가를 낸 후 한 달 정도 쉬다가 주방에 복귀하고 보니 면 뽑는 기계 옆에 웬 나무 막대기가 놓여 있었다. 그 사고 이후 손으로 반죽을 밀어 넣지 못하게 장치해둔 것이다. 지금도 주방에서 면 뽑을 때 나는 기계 소리만 들으면 나는 그때의 트라우마로 온몸에 소름이 돋고 오른쪽 손끝이 아릴 때가 있다.

2년 동안 면판에서 근무한 후에는 전표 파트로 갔다. 전표는 홀에서 주문서가 들어오면 주방과 소통해서 제때 음식이 나가는 과정을 총괄한다. 보통 점심시간 때는 200명의 손님이 1시간에서 1시간 30분 내에 식사를 마쳐야 하기 때문에 전표장의 역할이 그야말로 막중하다. 중앙홀과 룸에서 들어오는 주문서를 시간과 코스별로 관리하기 위해 고도의 집중력으로 주방의 모든 파트를 진두지휘해야 한다. 신라호텔 중식당 '팔선'에서는 후덕죽 상무님이 마이크를 잡고 전표장 역할을 하는 모습도 종종 볼 수 있었다. 어떻게 보면 전표장이 주방의 컨트롤 타워였다.

중식당에서는 보통 면판과 칼판 그리고 전표판을 거쳐 불판으로 올라간다. 면판에서 일을 배울 때는 불판으로 가서 웍을 잡는 것이 꿈이었다. 중식의 꽃은 단연 불판이 아니던가. 하지만 당시 호텔 중식당에서 웍을 쓰는 요리사는 대부분 화교들이었기 때문에 한국인이 그 파트로 가기란 쉽지 않았다.

도리에서의 근무 4년 차에 접어들었다. 식당이 리모델링에 들어가면서 나도 자연스럽게 퇴사를 했다. 이후 다시 신라호텔 외식사업부 '태평로클럽'에 재입사했다. 경력직 채용을 위한 실기시험은 '마파두부'였다. 이 요리는 너무도 간단해 보이지만 솜씨 한 끗 차이에 따라 맛과 담음새가 달라진다. 우선 연두부가 깨지지 않아야 한다. 굴소스와 간장 등으로 미리 간을 다 맞춰놓고 마지막에 연두부를 넣은 다음 맛이 배게 해야 한다. 화구 밖으로 웍을 들어올려 걸쳐놓은 채 조리하다가 마지막에 불을 끄고 재료들이 어우러지게 하는 것이 포인트다.

한번은 입사 후 얼마 지나지 않았을 때의 일이다. 나에게도 불판에서 일을 할 수 있는 기회가 찾아왔다. 당시 웍을 담당하던 화교 동료가 업장을 옮기면서 불판에 자리가 난 것이다. 친구가 그 자리에 나를 추천한 덕분에 운 좋게도 제대로 요리를 배울 기회를 잡았다.

중식당 불판은 볶음밥과 초면 등을 만드는 식사부와 요리부, 튀김부가 따로 있다. 나를 추천해준 화교 친구는 식사부여서 자연히 내가 그 자리에 들어갈 수 있었다. 역시나 일을 해보니 가장 잘 맞는 파트였다. 그렇게 불판에서 요리를 익히고 있던 와중에 '청와대 요리사'를 뽑는다는 이야기를 듣게 되었다.

휴식시간에 불판 선배들이 모여 '대통령 요리사'에 대해 이야기하고 있었다. 대통령을 모시는 청와대 주방에서 새로 요리사를 뽑는데 중식 웍을 쓰는 사람을 추천해달라고 한 모양이었다. 그때 나는 처음으로 대통령 요리사에 대해 알게 되었다. 하지만 나와는 무관한 일이라고 생각하고 별다른 관심을 두지 않았다.

그런데 불판에서 일한 지 넉 달쯤 지났을까. 이본주 과장님이 부르시더니 이력서를 써오라고 하셨다. 영문을 몰라 여쭤보니 청와대에서 일할 중식 요리사로 나를 추천하시겠다는 게 아닌가. 아마도 롯데호텔 문문술 과장님이 신라호텔 후덕죽 상무님에게 대통령 중식 전담 요리사로 일할 사람을 추천해달라고 하신 것 같았다. 이후 문문슬 과장님이 운영관으로 공식 발탁되면서 정식 팀을 짜 청와대에 들어가게 되었다.

"지금 위에서 청와대로 들어갈 요리 팀을 짜고 있어. 중식에서 웍을 쓸 한국인을 좀 구해달라고 해서 내가 너를 상무님께 추천

했다.”

과장님의 말씀을 들으면서도 전혀 실감이 나지 않았다. 대통령의 요리사라니. 하지만 이런저런 생각할 겨를도 없이 얼떨결에 이력서를 써서 냈다. 두 달가량은 아무 연락이 없길래 '떨어졌구나.' 하고 잊고 있었다. 그런데 어느 날 사촌 형님이 갑자기 연락을 해 왔다.

“상현아, 너 청와대에서 일하냐?”

“예? 그게 무슨 소리예요?”

“나한테까지 신원조회가 들어왔어. 와! 축하한다, 상현아. 네가 청와대 요리사가 되다니, 경사 났다, 경사 났어!”

8촌까지 신원조회가 모두 끝난 후 두 달 만에 합격했다는 연락을 받았다. 그날은 목요일이었다. 당장 다음 주 월요일부터 청와대로 들어가야 하는 상황이었다. 여기저기서 축하 인사를 받았다. 하지만 기뻐하고 당황할 여유도 없이 사표부터 내고 불과 며칠 만에 태평로클럽의 일을 정리해야만 했다. 그렇게 나는 1998년 4월 8일 자로 청와대 요리사로 발령받았다.

대식가 대통령의
특별한 중식 사랑

　내가 운명처럼 청와대 요리사가 될 수 있었던 것은 김대중 대통령의 남다른 중식 사랑 때문이기도 하다. 평소 중화요리를 즐겨드시던 김 대통령이 취임하시자 당시 부속실에서 청와대 주방 총괄책임을 맡게 된 문문술 운영관에게 특별 요청을 한 것이다.

　그런데 앞서 말했듯이 당시 호텔 중식당에서 웍 요리는 대부분 화교가 담당했다. 팔선을 비롯한 신라호텔 외식사업부 내 중식당에서 한국인은 나를 비롯해 단 3명밖에 없었다. 그만큼 한국인 중식 요리사가 귀하던 시절에 조건에 맞는 사람을 구한 데다가, 최고의 호텔 중식당을 진두지휘하신 후덕죽 상무님의 추천을 받았으니 이미 낙점받은 것이나 다름없었다. 경력이 길지 않은 내가 청와대 요리사가 될 수 있었던 것은 아마도 이런 운이 타이밍 좋게 따라주었기 때문이다.

청와대에 들어간 후 한동안은 식재료를 다듬거나 정리정돈을 하는 보조 생활을 했다. 당시 나는 주방 조리팀의 막내였다. 중식이 메뉴에 포함되지 않았기에 당연히 해야 할 일이었지만 한편으로는 '파 다듬고 마늘 까려고 청와대에 들어왔나' 하는 생각에 갑갑하기도 했다. 김 대통령 취임 초기에는 IMF 시기였던지라 청와대 내 관심사가 온통 위기 극복과 정국 안정에 쏠려 있었고, 주방팀도 안정화를 위해 시간이 필요했기에 메뉴 수정은 한 달 후에나 이루어졌다.

내가 음식을 하지 않는 동안 한식 전담 요리사들은 다른 고민에 빠져 있었다. 초기에는 한식 위주로 식사를 요리해드렸는데 음식을 남기시는 경우도 종종 있었고, 홀에서 서빙하는 직원들의 피드백을 취합한 결과 만족도가 그다지 높지 않았기 때문이다.

주방에서는 대통령이 드시다 남긴 음식을 두고 고민이 깊어만 갔다. 대식가로 소문난 분이 이렇게 음식을 남기신 배경에는 분명 입맛에 맞지 않기 때문이라는 데 의견이 모아졌다. 그래서 평소 좋아하시는 음식의 비중을 늘리자고 이야기하던 중 마침 운영관으로부터 한식 위주에서 중식 메뉴를 늘리라는 피드백을 받게 되었다. 그날 이후부터 아침식사를 제외하고 점심과 저녁식사 코스에는 꼭 중식 메뉴가 하나씩 들어갔고, 나중에는 중식이 메뉴의 절반 이상이 될 정도로 비중이 높아졌다. 만찬이나 모임을 할 때도 중식이 빠지지 않았다.

내가 맨 처음 해드린 음식은 '양장피'와 '계란탕'이었다. 거의 한 달 만에 웍을 잡으니 감회가 새로웠다. 김 대통령이 평소 서교호텔의 중식을 즐기신다는 사실을 잘 알고 있었기에 내가 해드리는 음식이 입맛에 맞으실까 내심 걱정도 되었다. 늘 자신만의 생각과 감으로 요리를 해왔지만 대통령을 모시는 첫 음식이라 어느 기준에 맞추어야 할지 망설이기도 했다. 웍을 잡은 손에 힘을 주고 가스 불을 올리자 살짝 긴장감이 느껴졌다. 하지만 웍 안에서 파, 마늘을 비롯한 향신채가 볶아지며 나는 특유의 냄새를 맡자 이내 마음이 편안해지고 요리에 집중할 수 있었다.

요리를 완성한 후에는 어느 만큼의 양을 어떻게 담아낼까에 대해 고민했다. 한 사람을 위한 식사로 1인용 접시에 구절판처럼 조금씩 덜어드리려 할지, 내외분이 함께 드시도록 큰 접시에 먹음직스럽게 한번에 드려야 할지 고심했다.

청와대 요리사들이 가장 보람을 느끼는 때는 대통령 내외분으로부터 음식을 맛있게 드셨다는 피드백을 받거나 말끔히 비워진 식기를 받아들 때다. 그날 두 분은 양장피와 계란탕을 남김없이 드셨다. 홀 직원이 가지고 온 빈 접시와 그릇을 보는 순간, 한 달여 동안의 고민과 걱정이 단숨에 사라지는 것 같았다.

　김대중 대통령은 중식이 나가면 항상 남김없이 다 드셨다. 중식 사랑이 남다르셨기에 한식 메뉴가 나갈 때도 두반장은 별도로 반찬과 함께 내드렸고, 양파를 춘장에 찍어 드시는 것도 좋아해서 늘 빠짐없이 준비해드렸다. 한 달에 한 번 가족 모임을 할 때도 대부분 중식을 선택하실 정도로 내외분이 중식요리를 좋아하셨다.

　특히 가장 좋아하는 중식요리는 단연 '불도장'이었다. 입맛이 없거나 기력이 떨어지는 때면 어김없이 불도장을 청하셨다. 불도장은 '그 냄새에 끌린 스님이 식욕을 참지 못하고 담장을 넘어 먹은 요리'라고 잘 알려져 있다. 그래서 부처 불佛, 뛸 도跳, 담장 장墻 자를 써서 불도장이라고 불린다. 오죽하면 청나라 때부터 내려오는 시가 있을 정도다.

항아리 뚜껑을 여니
향기가 사방을 진동하네.
냄새 맡은 스님도 참선을 포기하고
담을 뛰어넘었다네.

　불도장은 소 심줄, 오골계, 돼지등심, 은행, 건관자, 건해삼, 샥스핀, 자연송이, 배추, 전복, 죽생 등 하늘과 바다 그리고 산에서 나는 모든 진귀한 재료가 들어간다고 할 정도로 고급 보양식이다. 김대중 대통령은 신라호텔의 팔선 스타일을 좋아하셨다. 신라호텔의 불도장은 후덕죽 상무님이 대중화시킨 중국요리로 최고의 접대메뉴로 사랑받았다. 불도장을 먹으면 기운이 난다던 김 대통령은 청와대를 떠난 후 병원에 입원하셨을 때도 우리가 만들어 드린 불도장을 드시고 기력을 회복하셨다.

설날에는 청와대 요리사들의 세배도 받으셨다. 인사를 받았던 대통령들 가운데 유일하게 세뱃돈을 주시고 덕담도 전하셨던 기억이 난다. 그럴 때마다 항상 고맙다는 인사를 빼놓지 않으셨다.

"여러분들 덕분에 매일 맛있는 밥을 먹고 있습니다. 새해에도 잘 부탁합니다. 다들 건강하십시오."

대통령께 세배를 올리던 그날, 내가 정말 대통령의 요리사가 되었다는 사실을 새삼 절감할 수 있었다. 어떠한 사명감과 책임감을 가지고 대통령을 모셔야 하는지 다시 한번 마음속 깊은 곳에서부터 깨달았던 것이다.

그 많던 쏘가리 몸통은
다 어디로 갔을까?

　김대중 대통령은 연세에 비해 놀라운 대식가셨다. 임기 3년 이후부터는 식사량이 많이 줄어드셨지만 초창기만 해도 중식코스가 나가면 늘 그릇이 깔끔하게 비어 있었다. 다만 미식의 폭은 넓지 않았다. 중식을 비롯해서 선호하는 음식이 몇 가지로 정해져 있었는데 특히 큰아드님이 보내주는 횟감용 흑산도 홍어를 좋아하셨다.

　그 외에 목포에서 공수한 세발낙지도 좋아하셨는데 낙지탕탕이식이 아닌 좀 더 길게 썬 낙지를 선호하셨다. 3, 4cm 길이로 썬 낙지를 오이, 편마늘과 함께 접시에 담아놓으면 꿈틀거리며 채소와 자연스럽게 버무려지는데 그 위에 참기름을 살짝 뿌린 스타일이었다.

낙지 먹는 법은 지역과 사람마다 모두 제각각이다. 서울식은 소금 기름장에 찍어 먹고 경상도는 초고추장에 찍어 먹는 것을 선호한다. 반면 전라도에서는 된장에 찍어 먹는데 김 대통령은 이와 반대로 낙지 본연의 간을 즐기는 편이었다. 그 외에는 조기찌개, 장어탕, 민어매운탕, 쏘가리매운탕 등을 즐기셨다. 워낙 생선찌개와 매운탕을 좋아하셔서 일주일에 한두 번은 꼭 조기찌개와 각종 매운탕을 메뉴에 포함시켰다.

그날도 여느 때처럼 일식 요리사가 평소 즐기시는 '쏘가리매운탕'을 끓여드렸다. 그런데 홀 직원이 주방에 들어와서는 하는 말이 김 대통령이 매운탕을 드시면서 언짢아하셨다는 게 아닌가.

"쏘가리매운탕을 보시더니 '몸통은 주방에서 다 드셨나? 머리하고 꼬리밖에 없네' 하셔서 진짜 깜짝 놀랐어요."

"그게 무슨 소리야? 쏘가리 몸통이 없다니? 분명 1마리를 다 담아드렸는데."

"아니, 실제로 그렇다는 게 아니라 양이 적다는 말씀이셨어요. 저도 처음에는 얼마나 놀랐는지 몰라요."

쏘가리 크기가 작아서 농담처럼 하신 말씀이었지만 주방에서는 다들 놀라지 않을 수 없었다. 안 그래도 김 대통령이 중식을 좋아하시는 데다 생선매운탕도 한국식을 선호하셔서 일식 요리사 형님이 고민이 많던 때라 당시에는 웃고 넘어갈 문제가 아니었다. 쏘가리 사건 때문은 아니었지만 연세가 드실수록 일식의 비중은 나날이 줄어들었다. 그래서 일식 요리사 형님은 다시 원대로 복귀했다. 대신 기존에는 한식 요리사가 1명이었는데 혼자 일을 하기에 업무량이 많았던지라 1명을 더 충원했다.

그 외에도 김대중 대통령을 모시는 동안 주방에서는 음식과 관련해 몇 번의 소소한 컴플레인을 받았다. 하지만 그것은 모두 당신의 추억 속 음식을 그리워하는 마음에서 비롯된 것들이었다. 한 번은 디저트로 나주배를 드린 적이 있었다. 그런데 "옛날의 그 맛이 아니다." 말씀하셨다. 주방에서는 모든 과일의 당도를 측정한 후 내드리기 때문에 분명 당도가 떨어지는 배는 아니었다. 다만 당신 기억 속의 그 나주배 맛이 아니었던 것이다. 이후 주방에서는 서로 과일 준비를 꺼리는 웃지 못할 일도 있었다.

돌김도 마찬가지였다. 백화점에서 최고급 상품으로 사 오거나 완도 현지에서 공수해와도 맛이 예전 같지 않다고 말씀하셨다. 하지만 대통령이 원하시는 것은 값비싼 식재료가 아니었다. 본인만의 추억을 떠올릴 수 있는 정겨운 맛을 원하신 것이었다. 이는 다섯 분의 대통령 모두 마찬가지였다. 대통령의 소울푸드는 대부분 어릴 적부터 자주 먹던 지극히 서민적인 음식들이 대부분이었다.

그래서 청와대 요리사들이 임기 초기에 가장 먼저 하는 작업은 대통령의 소울푸드와 선호하는 식재료를 알고 지역색에 맞는 음식 간을 맞추는 일이다.

김대중 대통령은 역시나 맵고 칼칼하고 새콤달콤한 전라도의 맛을 선호하셨다. 그중에서도 아가미젓갈과 굴젓을 좋아하셔서 끼니마다 조금씩 내드렸다. 젓갈류는 진상품이나 주방에서 직접 만드는 경우가 많았다. 굴젓은 직접 만들어 숙성시켰지만 아가미젓갈은 외부업체의 제품을 사용했다.

반면 이희호 여사님은 모든 음식을 싱겁게 드셨기 때문에 국과 찌개는 항상 염도계로 수치를 측정해 1.0에 맞췄다. 병원식의 염도가 0.7, 기사식당의 염도가 1.2~1.3 정도임을 감안할 때 일반 가정에서 먹는 국과 찌개보다는 염도의 수치가 낮았다. 여사님은 김대중 대통령의 음식에 각별히 신경을 쓰셨기에 직접 주방에 나와 간을 보시기도 했다. 여사님이 "되었네요." 하시면 그날의 국은 염도계로 측정할 필요가 없었다.

김대중 대통령의 소울푸드 중 하나는 단연 '흑산도 홍어'다. 청와대에 들어오시기 전에도 홍어를 즐기셨다. 식사 때 반찬이나 안주 메뉴로 드시지 않고 그냥 홍어만 한 접시를 다 드셨다고 들었다. 그것도 삭힌 홍어가 아닌 활홍어만 찾아 드셨다. 나도 고향이 전라도라서 홍어를 자주 접했지만 살짝 삭힌 홍어만 맛보았지 활

홍어는 먹어본 적이 없었다. 그런데 대통령을 모시면서 처음 먹어본 활홍어는 그야말로 진미 중의 진미였다. 인절미처럼 차진 맛이 참돔도 울고 갈 정도였다.

청와대에서 사용한 홍어는 당연히 흑산도산이었다. 큰아드님이 한 달에 한두 번 직접 공수해준 덕분에 최고의 홍어로 요리를 할 수 있었다. 흑산도 홍어는 코에 바코드까지 붙이고 있을 정도로 그 몸값이 귀하다. 시중에서는 칠레산 홍어나 참홍어를 주로 쓰는데, 가짜 홍어라고 불리는 것이 바로 서해에서 잡히는 참홍어다. 어느 매체에서는 김대중 대통령이 드신 진상품 중에 가짜 홍어가 있다고 하는데 그것은 오보다. 청와대에서 김대중 대통령께 드린 홍어는 아드님이 보내준 100퍼센트 흑산도 홍어였다. 김 대통령은 재료의 신선도까지 정확하게 알아내는 절대미각의 소유자였기에 홍어에 대해서도 평가가 냉정했고, 자신만의 먹는 법이 따로 있어서 늘 한편에 초고추장과 된장을 따로 내드렸다.

하지만 임기 3년 이후부터는 식사량이 확연히 줄어들었다. 눈에 띄게 기력이 쇠하셔서 청와대 내에서는 이러다 국상을 치르는 건 아닌가 걱정할 정도였다. 그래서 주방에서는 각별히 음식에 더 신경을 썼다. 그 무렵에는 죽과 수프를 선호하셨고, 변함없이 중식으로 기력을 보충하셨다. 전복죽, 채소죽, 닭죽, 녹두죽, 호박죽, 게살수프와 불도장을 자주 해드렸다.

전복죽은 내장을 빼고 만드는 서울식을 좋아하셨다. 전복죽을 끓일 때는 참기름을 넉넉히 두르고 쌀과 식재료를 볶는 게 중요하다. 그러면 별도의 육수를 쓰지 않고 생수만 부어서 끓여도 맛있다. 죽의 농도가 안 맞을 때는 계란 흰자를 살짝 풀어 둘러주면, 구름이 피어나듯 찰기가 돌고 중식과 같은 풍미가 난다.

대통령이 즐기던 음식이 아닌 죽을 청하거나 평소보다 식사량이 많이 줄어들면 요리사들의 마음은 편치 않다. 대부분의 대통령이 임기 초기에는 왕성하게 드시지만 후반부로 갈수록 체력이 예전 같지 않으셔서 죽과 간단히 먹을 수 있는 수프 종류를 찾는 날이 많아서다.

"쏘가리 몸통은 주방에서 드셨나?"라고 농담하실 정도로 대식가셨던 대통령의 식사량이 눈에 띄게 줄어들었을 때는 대통령의 안위를 살피는 요리사로서 마음이 참 착잡했다. IMF 위기 극복과 어려운 정국을 헤쳐나가는데 워낙 연세도 많으시고 몸도 불편하신지라 더 그랬던 것 같다. 매일 같은 마음과 정성으로 모시지만 그때는 한 끼 한 끼 온 마음을 다했다.

세상에서 가장 위험한
오리백숙

   청와대 요리사들은 대통령의 여름휴가 때도 동행한다. 역대 대통령이 가장 많이 즐겨 찾았던 휴가지는 충북 청원군에 있는 '청남대'와 거제 북단에 위치한 섬 '저도'다. 청남대는 천혜의 요새라 불릴 정도로 사방 어느 곳에서도 잘 드러나지 않아 외부의 접근이 쉽지 않다. 전두환 전 대통령의 지시로 처음 만들어졌고, 청와대와 같은 수준의 보안시설을 갖추고 있다. 청남대 내부에는 낚시병, 골프병, 오리병 등이 존재할 정도로 수행인력 또한 상당했다.

   저도는 바다의 청와대로 불리는 섬이기도 하다. 이승만 초대 대통령이 휴양지로 사용한 뒤, 박정희 대통령이 별장으로 공식 지정했고 박근혜 대통령도 찾으셨다. 특히 박근혜 대통령에게 저도는 어린 시절 아버지와 함께 휴가를 보냈던 곳으로 남다른 추억이 서려 있는 휴가지다.

김대중 대통령 또한 휴가 때면 저도를 가장 먼저 가셨다. 저도에서 2박 3일을 보내신 후 청남대에서 2박 3일을 지내는 일정이었다. 주방 팀의 선발대가 먼저 저도로 가 있고, 나를 비롯한 후발대가 청남대로 향하는 날이었다. 그런데 공교롭게도 태풍이 몰아치는 게 아닌가. 서울에서 각종 식재료를 준비해 내려가는 길이었는데 제날짜에 출발할 수가 없었다. 저도에 먼저 가 있던 선발대도 청남대로 순조롭게 이동하지 못하는 상황이었다. 결국 저도에서는 식자재 탑차와 요리사들이 각각 따로 청남대로 이동했고, 서울에 있던 후발대도 예정보다 늦게 가는 바람에 한바탕 난리가 났다.

문제는 저도에 있던 선발대가 청남대로 갔지만 탑차가 늦게 도착하는 바람에 요리할 식재료가 없었고, 서울에서 출발한 후발대의 식재료가 올 때까지 기다려야 하는 상황이었다. 주방 팀이 부랴부랴 준비했지만 예정된 식사시간보다 1시간 뒤에나 요리가 서비스되었다. 그 몇 시간은 정말 아찔한 순간이었다. 하지만 천재지변으로 생긴 일에 대해서 다행히 누구도 문책을 당하지 않았다.

김대중 대통령은 저도에서 주로 이희호 여사님과 산책을 많이

하셨다. 두 분이 손을 잡고 호젓하게 산책하시면서 가끔 멈춰서 대화를 나누시곤 했다. 한번은 해군 함정을 타고 다도해를 둘러보셨다. 김 대통령은 다른 대통령들처럼 배 안에서 낚시를 즐기거나 식사를 하지는 않으셨다. 다리가 불편해서 배를 타고 멀리 나가지 않으셨고, 홍어와 낙지 외에는 회도 즐기지 않아 간단히 다과만 즐기셨다.

김 대통령은 휴가지에서의 시간을 대부분 책으로 보내셨다. 소문난 독서광이셨기에 청남대에도 책을 잔뜩 가지고 가셨다. 이희호 여사님은 강가에 있는 오리에게 먹이 주는 일을 잊지 않으셨는데 바구니에서 새우깡을 꺼내는 모습이 세상에 공개되기도 했다.

그런데 이 오리 때문에 주방 팀에서는 한바탕 해프닝이 일어났다. 여름 휴가지에서 대통령을 모실 때 빠지지 않는 메뉴가 바로 '닭백숙'과 '오리백숙'. 그때도 마침 진상품으로 오리 두 마리가 청남대 주방으로 들어왔다. 여사님이 북경오리를 좋아하시는 것을 알고 있던 경호실의 33경비대원들이 요리를 위해 잡아온 것이다.

"이 오리는 어디서 난 거예요?"

"대청댐 옆에 있던 오리를 잡아온 거예요."

"네에?! 거기는 낮에 여사님이 새우깡 주신 오리들이 있는 데잖아요."

"설마 그 오리겠어요?"

"아니, 여사님이 어디서 구해온 오리냐고 물어보시면 거짓말을 할 수는 없잖아요. 이건 못 올립니다."

오리백숙은 원래 메뉴에는 없었지만 추가 별식으로 올리려고 했었다. 하지만 이희호 여사님이 먹이를 주신 데서 잡아온 오리를 어찌 식탁에 올릴 수 있겠는가. 결국 위험한 백숙요리는 바로 당일 날 제외되었다. 이렇게 대통령 내외분을 모실 때는 식재료 하나의 출처까지도 정확하게 따져 올려야만 한다.

휴가지에 얽힌 일화는 여기서 끝이 아니다. 청와대 요리사들은 여름마다 청남대를 가는데 사실 갈 때마다 고생이 이만저만이 아니다. 특히 청남대는 숙소가 마땅치 않아 주방 아래에 있는 기계실 옆방에 6, 7명이 모여 함께 잠을 잤다. 길게는 일주일 이상 머무는 경우도 있었기에 말은 못 해도 다들 잠자리 때문에 많이 힘들어했다.

한번은 이희호 여사님이 함께 온 요리사와 가정부들이 자는 숙소를 보시고 노발대발하셨다.

"여기서 어떻게 잠을 잡니까?"

청와대 본관 관리자에게 직접 지시를 내려 급하게 컨테이너 박스로 된 별도 숙소를 만들기도 했다. 감사한 일이었다. 저도에서는 군막사에서 지냈는데 태풍이 와서 지붕이 다 날아가버린 적도 있었다. 하지만 훗날 부산과 저도를 연결하는 다리가 생기면서 보상 차원에서 만든 콘도 형태의 숙소가 생겼고 이후부터는 거기서 머물게 되었다.

청남대는 2003년 4월, 노무현 대통령의 지시에 따라 국민들에게 개방되었다. 나는 청와대를 나온 후로부터 한 번도 그곳을 방문한 적이 없다. 하지만 이따금 그곳을 찾는 방문객들의 사진을 볼 때면 오롯이 간직된 대통령의 흔적들이 선연하게 떠올랐다. 청와대 요리사로 일하는 20여 년 동안 남들처럼 가족과 함께 여름휴가를 가지 못한 아쉬움은 컸다. 하지만 그 긴 세월 오직 대통령만을 모시면서 보낸 나의 여름날은 다시 없을 추억으로 남아 있다.

마지막 요리는
도저히 못 먹겠네

올해 초 대통령의 아들들이 한자리에 모여 만찬회동을 했다는 기사를 접했다. 대통령들의 각종 만찬을 담당했던 요리사로서는 이런 청와대 소식이 옛 기억을 되새기게 하는 묘약처럼 작용한다. 다섯 분의 대통령을 모시는 동안 잊을 수 없는 기억을 하나 꼽으라면 단연코 김대중 대통령 재임 시절에 전직 대통령들의 만찬을 준비했던 일이다.

김대중 대통령의 취임 후, 1998년 7월에 있었던 행사였다. 노태우 대통령과 최규하 대통령, 전두환 대통령, 김영삼 대통령까지 역대 대통령이 한자리에 모인 행사는 이때가 유일했을 것이다.

"청와대 관저에서 만찬행사가 진행될 예정이니 특별히 신경 써서 잘 해주세요."

부속실에서 사전에 중식에 대한 특별 요청이 들어왔다. 김대중 대통령뿐 아니라 노태우 대통령과 전두환 대통령도 중식 마니아로 소문난 분들이라 각별히 신경을 써야 하는 상황이었다.

게다가 청와대에 들어온 지 얼마 되지 않아 치르는 행사라서 중식코스의 메뉴를 짜는 일부터 만만치가 않았다. 만찬에 참석하는 대통령들이 선호하는 식재료와 기피 재료 그리고 음식 간에 대한 정보를 바탕으로 고심도 많이 했다. 보통 만찬이 있으면 일주일 전에 스케줄이 나오고, 3일 전부터 식재료를 수급해 각종 밑반찬을 만든다. 당시에는 중식 만찬을 위해 피클과 짜사이도 준비했었다.

운영관과 요리사들이 함께 고민해 정한 메뉴는 전복냉채, 샥스핀찜, 국산 해삼이 들어간 해삼 송이 전복볶음, 300그램짜리 우럭찜, 중식 스테이크 그리고 거기에 채소탕면과 팔진탕면, 디저트는 제주산 애플망고로 정해졌다.

이런 중요한 행사에서는 좋은 재료를 엄선하는 것도 중요하지만 요리사들끼리 손발 맞추기가 그 어느 때보다 중요하다. 평소에는 동료애 못지않게 보이지 않는 경쟁심도 은근히 있다. 하지만 이런 행사 준비를 할 때는 너나 할 것 없이 한마음으로 상부상조하며 최선을 다한다.

만찬행사가 있기 전 한 주 동안은 초긴장 상태다. 며칠을 앞두고는 직원들끼리 대화도 별로 없을 정도다. 재료의 신선도와 위생 점검 등 신경을 곤두세울 사항들이 많기 때문이다. 정해진 메뉴에 따라 음식의 담음새와 적당량까지 치밀하게 계산해서 사전 연습을 한다. 당시에는 중식코스를 내가 전두지휘해야 해서 내내 긴장 상태에 있었다.

청와대에 막내로 들어와 재료 손질만 하다가 한 달 만에 맡은 만찬이다 보니 부담도 컸다. 부속실로부터 각별히 신경 써달라는 별도의 피드백도 받았고, 얼마나 중요한 행사인지 잘 알고 있었기에 각오가 남달랐다.

드디어 행사 당일. 평소보다도 일찍 평창동 관사를 나섰다. 시화문을 지나 영빈관 옆을 통과해 백일단이 근무를 서는 초소까지 성큼성큼 걸어갔다. 평소보다 일찍 관저 주방에 도착해야 한다는 조바심 때문이었다. 그렇게 한달음에 초소를 통과해 본관 앞에 펼쳐진 대정원을 가로질러 올라가면 청와대 경내 문화유산인 수궁터가 보인다. 그런데 하필 마음이 바쁜 날, 그곳에 있는 수령 740년 넘은 주목나무가 눈에 들어오는 게 아닌가. 평소에는 쓱 지나치는 나무인데 그날따라 예사롭지 않았다. 잠시 멈춰서 한참을 바라보다가 관저 지하동에 있는 로커로 향했다.

주목나무의 기운을 받아 오늘의 만찬이 무사히 마무리되길 간절히 바라면서 옷을 갈아입었다. 늘상 입던 조리복인데 그날은 단추를 채우는 손에도 힘이 들어갔다. 거울 속에 비치는 얼굴에 긴장감이 역력했다. 다른 요리사들 눈에도 내가 평소와 달라 보였는지 다들 한 마디씩 건넸다.

"상현이 오늘따라 긴장 많이 했네. 평상시 하던 대로 하면 된다."

"그러게. 너무 걱정 마라. 우리가 호텔에서 그동안 일해온 짬밥이 있는데 잘할 수 있다."

주방에서는 가장 먼저 조리대와 웍 상태, 화구의 불, 재료와 식기류 등을 확인한 뒤 다른 요리사들과 전체적인 진행사항을 최종적으로 점검했다. 가장 중요한 관건은 대통령들이 드시는 속도에 맞춰 한 치의 오차 없이 모든 코스요리를 제공하는 것이다. 따라서 정해진 코스에 따라 최대한 단시간에 조리해 준비하되 가장 적절한 온도의 음식을 드실 수 있도록 하는 순발력이 중요했다. 접시 가장자리의 얼룩 하나까지 체크하면서 모든 요리사가 초집중했다. 조리 팀장님과 선배 형님들이 음식이 제대로 나갈 수 있도록 준비하는 동안 요리는 온전히 나의 몫이었다.

관저 주방에서 모든 음식의 준비를 마친 다음 오후 3시 만찬 시간에 맞춰 본관으로 내려갔다. 본관 주방에도 식기는 구비되어 있어서 우리는 식재료만 들고 이동했다. 본관에서 진행된 만찬은 모두를 위한 화해와 용서의 자리이면서 국정운영에 도움을 달라는 취지에 걸맞게 진행 내내 분위기가 좋았다. 서빙 직원들이 전해주는 피드백도 물론 좋았다. 대통령님들 역시 음식에 만족하셨는지 접시를 거의 비우셨다. 특히 우럭찜이 나왔을 때 크게 좋아하셨다.

그런데 문제가 생겼다. 만찬코스의 마지막 음식이 나가야 하는 상황에서 전두환 대통령이 이렇게 말씀하셨다는 게 아닌가?

"마지막 음식은 도저히 못 먹겠네."

홀 서비스 직원의 피드백을 듣고 화들짝 놀라서 바로 자초지종을 물었다.

"여태 분위기도 좋았고 음식도 다 비우셨는데 무슨 소리야?"

"만찬 내내 모든 음식을 맛있게 드셨어요. 저도 영문을 모르겠습니다. 아무튼 전두환 대통령님은 중식 스테이크 빼고 디저트만 서비스합니다."

분위기가 좋았다고 전해 들어서 안심하고 있던 차에 별안간 마지막 음식은 못 드시겠다니…. 허탈하면서도 연유가 궁금했다. 만찬이 끝난 후 들은 바로는 그랬다. 전두환 대통령은 앞서 모든 요리를 누구보다 맛있게 드신 까닭에 중식 스테이크까지 드시기에 배가 부르셨던 것이다. 그래서 나중에 홀 서비스 직원에게 특별히 코멘트도 남기셨다.

"혹시나 오해는 하지 말게나. 내가 음식이 맛없어서가 아니라 도저히 배가 불러 못 먹는 것이니 요리사들이 오해하지 않도록 잘 전해주게."

만찬은 대성공이었다. 비서실에서는 무사히 만찬행사를 마친 것에 대해 운영관에게 수고했다는 인사말을 전했고, 나 역시 인사고과 평가에서 좋은 점수를 받을 수 있었다.

일생 동안 대한민국 전직 대통령들에게 손수 만든 음식을 올릴 기회를 얻는 요리사는 흔치 않을 것이다. 나는 그 점을 늘 명예롭게 여기고 감사하게 생각한다. 게다가 그날의 만찬은 김대중 대통령이 추구하는 화해 정치의 정수를 보여준 행사였기에 더욱 의미가 깊었다.

김대중 대통령과 전두환 대통령은 악연 중의 악연이라 할 만하다. 그럼에도 불구하고 1997년 12월 김 대통령은 당선인 자격으로 김영삼 대통령에게 전두환, 노태우 두 전직 대통령의 사면을 건의했다. 당시 김영삼 대통령은 김 대통령의 건의를 받아들여 두 사람을 풀어주었다. 수십 년의 지난한 세월을 지나 화합을 선포하는 자리였던 만큼 청와대 요리사로서 이 역사적 만찬에 임하는 마음가짐은 절로 간절할 수밖에 없었다.

청와대의
기미상궁

    요리사로서 한 사람의 삼시세끼를 책임진다는 것은 참으로 힘든 일이다. 좋아하는 음식을 먹기 위해 업장을 찾는 단골 손님에게는 늘 하던 대로 정성을 다해 한 끼를 대접해드리면 된다. 하지만 청와대 요리사는 매일같이 한 분의 삼시세끼를 책임지다 보니 사계절 메뉴에 대한 고민부터 건강 상태까지 고려해야 하는 고충이 남다르다. 게다가 한 나라의 수장인 대통령의 음식을 만드는 일이기에 단 한 끼의 식사라도 긴장을 늦출 수 없다.

    한편 똑같은 음식이라도 대통령의 컨디션에 따라 그 맛은 달라진다. 국정을 운영하는 동안 대내외적으로 좋지 않은 상황이 발생

할 경우 극도의 스트레스로 식욕이 떨어져 미각에 차이가 생길 수밖에 없다. 요리사는 평균 대통령 한 분의 임기인 5년 동안 무려 5천 끼 이상을 요리해야 한다. 매끼 조금이라도 새로운 식재료와 조리법으로 대통령의 건강까지 생각하는 밥상을 고민해야 하는 것이다.

물론 대통령의 삼시세끼는 요리사만의 일은 아니다. 검식관과 비서관 그리고 주방 팀을 관리하는 지배인 역할의 운영관과 그 밖의 관저 전기시설 정리원 등 여러 분야의 인원들이 각자의 전문성을 바탕으로 한 팀을 이루기에 가능하다. 그중 주방 팀과 가장 긴밀하게 협조하는 사람이 있다.

청와대 관저 주방에서 늘 슈트 차림으로 있는 바로 그 사람, 검식관이다. 검식관의 주요 임무는 조선시대 기미상궁의 역할과 비슷하다. 대통령이 먹을 식재료를 사전 검사하는 것에서부터 완성된 음식을 시식하는 일까지 담당한다.

검식관은 식재료를 구매할 때 동행해서 재료의 신선도와 유통기한 등을 확인하고 독극물과 식중독균 등 각종 위해요소를 사전에 검사하는 역할도 한다. 이들은 식재료의 샘플을 채취해 식약처에 보내고, 케이터링 같은 외부행사를 관리감독해 미연에 불상사를 차단한다. 각종 진상품이 언제 어디서 들어왔는지도 검사하는데, 이 과정에서 매번 탈락하는 진상품이 있었으니 바로 칡즙과 고로쇠다. 어디서 누가 보냈든 간에 칡즙과 고로쇠는 대장균 초과로 단 한 번도 검식 단계를 통과한 적이 없었다.

검식관은 안전한 식재료를 위해 납품처로부터 보안 서약서도 받는다. 김대중 대통령 때는 약산샘물을 사용했는데 업체가 보안 서약을 어기고 청와대 납품 사실을 지면 광고하는 바람에 거래가 끊긴 적도 있었다. 요리사들이 조리를 하는 과정에서도 검식관은 쉬지 않는다. 종지를 하나 들고 다니며 그 옛날 기미상궁처럼 조리하는 내내 맛을 본다. 그리고 식재료를 다듬고 보관하거나 요리하는 과정에서 비위생적인 부분이 발견되면 즉시 개선안을 제시한다.

예전에는 검식관 역할을 경호원들이 했었다. 그러다가 전두환 대통령 때부터 음식에 대해 잘 모르는 사람이 검식하는 것은 바람직하지 않다는 의견이 제기되면서 요리사들이 특채로 경호실에 채용되었다. 검식관의 경쟁률은 상당히 높다. 경호처 소속의 검식관은 총 6, 7명으로 구성되어 있는데 식품의약품안전처에서 나온 파견 직원, 요리사, 식품 전공자, 경호원 출신도 포함되어 있다.

검식관들에게도 업무상의 고충은 있다. 대통령이 드시는 모든 음식을 사전에 똑같이 먹기 때문에 술도 잘 마실 줄 알아야 한다. 국빈행사나 지인들과의 술자리가 있으면 술은 종류별로 다 마신다. 한번은 요리사 출신 검식관이 들어온 적이 있었는데 술을 잘 못 마시는 사람이었다. 술을 한 모금만 해도 호흡이 가빠지는 알레르기가 있었는데 매번 술을 마셔야 하니 여간 곤혹스러운 게 아니었다. 그래서 술은 다른 검식관이 마시기도 했다.

　검식관은 외부 손님을 맞는 청와대 영빈관에서도 대통령에게 제공될 음식을 미리 맛보고 이상 여부를 체크한다. 그래서 소식하는 검식관은 세끼를 모두 먹어야 하다 보니 속이 부대껴서 힘들어했다. 추석 때는 아침부터 삼색전과 잡채, 갈비까지 다 먹어야 한다. 이렇게 명절이나 행사가 있을 때는 온종일 먹어야 해서 점심 이후 다른 검식관으로 대체되기도 했다.

　대통령의 안전을 위해 함께 노력하기에 요리사와 검식관은 윈윈 관계라 할 만하다. 그렇다면 요리사들이 대통령 내외분을 모시면서 가장 중요하게 생각하는 것은 무엇일까? 두 분이 즐겨 드시는 음식을 파악하고 간을 맞추는 일, 그리고 가장 맛있게 드실 수 있는 최적의 조리 타이밍을 찾는 일일 것이다. 이를 위해 요리사들은 대통령의 이동 동선에 맞춰 식사시간이 임박할 즈음에 주방 화구 앞에서 스탠바이하고 있다.

　이는 청와대에서 근무하는 동안 결코 변하지 않는 업무 방식이었다. 대통령이 관저 대식당에 입장하고 식탁에 착석하시는 순간 바로 음식을 내드려야 가장 맛있게 드실 수 있기 때문이다. 가정에서 조리할 때도 금방 해서 바로 먹는 음식이 가장 맛있지 않은가.

참고로 대통령의 사적인 공간, 즉 살림집인 관저 내에는 가족식당과 대식당이 있다. 가족식당은 대통령 내외분이 평소 식사하는 공간으로 간이 주방이 딸려 있고, 대식당은 각종 오찬과 만찬, 가족 모임 등을 할 때 사용하는 식당이다. 가족식당에 두 분이 도착하시면 운영관이 벨을 눌러 주방에 음식 조리와 서빙을 지시한다.

"딩동!"

벨이 울리면 이때부터 주방은 분주해진다. 우선 첫 코스요리인 냉채류와 수프가 완성되면 주방에 대기해 있던 홀 서비스 직원이 음식을 들고 가족식당으로 향한다. 에피타이저 메뉴가 문어숙회일 경우에는 벨소리를 듣자마자 그릇에 썰어 데코레이션까지 완료한다. 모든 재료를 세팅 직전까지 완벽하게 준비해놓기 때문에 에피타이저의 경우 순식간에 홀 서비스 직원에게 전달된다.

이후에는 메인 음식을 조리한다. 이때도 운영관의 벨소리가 들려야 가스불을 켜고 웍을 돌린다. 금방 조리한 음식이 나가야 한다는 철칙이 있기 때문에 주방에서는 수시로 대통령의 동선을 무전으로 전달받는다.

굴비를 구울 때도 처음에는 검식관이 먹을 것을 포함해 총 3마리를 굽는다. 그런데 예상과는 달리 대통령 내외분의 식사시간이 늦어지면 상황에 맞게 다시 2마리를 굽는다. 보통은 이런 식으로 총 10마리 정도를 구워야 제시간에 따뜻한 굴비를 올릴 수 있다. 보통 한 끼에 10~15인 분을 만든다는 원칙으로 조리를 하는데 그 이유 중 하나가 바로 제때 드실 수 있게 하기 위함이다. 대통령은 날마다 고급 음식을 드실 거라고 생각하는 사람들이 많은데 전혀 그렇지 않다. 요리사들이 가장 중요하게 생각하는 것은 제철 재료를 활용한 음식을 가장 맛있게 드실 수 있도록 타이밍을 맞추는 일이다.

김대중 대통령은 평소 사우나를 즐기셨다. 업무를 마친 후에는 관저로 올라오시기 전에 종종 사우나를 가셨는데 그럴 경우에는 검식관이 미리 무전으로 변경된 동선을 알려준다.

"K제로 님께서 관저로 향하시는 도중에 사우나로 가셨습니다. 약 1시간 30분 정도 식사시간이 늦어질 예정이니 대비해주십시오."

청와대 내에서 직원들은 대통령을 K제로(K0), 영부인을 K원(K1)으로 호칭할 때가 있다. 대통령의 동선이 변경되면 주방에서는 다음번 무전에 대비해 구이와 새로운 재료 세팅에 들어간다. 그리고 다시 검식관의 무전이 흘러나오길 기다린다.

"지금 사우나를 나오셔서 관저로 올라가고 계십니다."

이때부터 주방에는 다시 긴장감이 돌고 모든 요리사가 자신의 업무에 초집중한다.

"딩동!"

벨소리가 울리면 화구에 불꽃이 피어오르고 웍에서 각종 재료들이 볶아지며 불맛이 입혀지기 시작한다. 에피타이저와 메인코스 그리고 디저트까지 전체 음식이 홀 직원들에게 전해진 후에야 주방에서 비로소 안도의 말소리가 들린다.

청와대의 주방 일은 수많은 손님을 상대하는 일반 식당과는 달리 중노동은 아니다. 하지만 대통령의 동선과 시간에 맞춰 음식을 만들어야 하기 때문에 하루 세 번 있는 식사시간 즈음에는 긴장감이 상당해 배에 가스가 찰 정도다.

직원들이 관사에 살 때도 갑자기 예정에 없는 식사를 하시겠다고 하거나 한밤중에 주방에 없는 식재료를 찾으실 때는 당직 대기 차량을 타고 내려가 준비해드리곤 했다. 언제 찾으실지 모른다는 생각에 퇴근 후에도 늘 휴대폰 벨소리에 신경을 써서 나중에는 노이로제가 생길 정도였다.

한번은 아이들과 함께 에버랜드에 놀러 갔다가 출입구 문턱에서 돌아온 적도 있었다. 어린이날마다 청와대 행사가 있어 늘 함께하지 못하는 미안함이 있었기에 그날만큼은 가족들과 시간을 보낼 생각에 마음이 설렜다. 놀이공원을 좋아하는 큰딸이 유난히도 기뻐했다. 그런데 에버랜드 매표소에서 표를 끊고 들어가려는 찰나 휴대폰 벨소리가 울렸다. 순간 청와대에서 걸려온 전화 같다는 생각이 들어 잠시 받을까 말까 망설였다.

"K제로 님이 점심에 채소탕면을 드시고 싶다는데…. 오늘 비번이시죠? 다른 요리사가 조리하도록 할까요?"

"점심이요? 그럼 지금 바로 출발해야 하는데…."

대통령님이 채소탕면을 찾으신다는 소식을 들은 마당에 어찌 다른 요리사에게 조리를 맡길 수 있겠는가. 재료 준비를 해놓으라고 부탁하고선 서울로 갈 결심을 했다. 매표소 앞에서 통화 내용을 듣던 가족들은 이내 울상이 되었다.

"아빠, 지금 일하러 가? 우리는 어떻게 해?"

당시 6살이었던 큰딸 서연이는 이야기를 듣고 울먹이기 시작했다. 온 가족이 다 함께 놀이공원을 찾은 것은 이번이 처음이라 한창 들떠 있던 아이들에게 너무나 미안했다. 그래서 너희들이라도 남아서 놀다 오라고 했지만 관사로 향하는 교통편이 여의치 않아서 결국 가족 모두 문 앞에서 되돌아와야만 했다.

청와대로 돌아오는 차 안에서 어찌나 마음이 아팠던지 오는 내내 아무 말도 하지 못했다. 하지만 대통령을 모시는 동안은 그 어떤 순간에도 본분을 다해야 한다는 소명이 나를 다시 주방으로 이끌었다.

365일
불이 꺼지지 않는 공간

　대식가인 김대중 대통령과 달리 이희호 여사는 소식하시는 편이었다. 여사님은 특히 떡을 좋아하셨다. 그중에서도 1등은 '두텁떡'이었다. 두텁떡은 예로부터 궁중의 떡이라 불릴 정도로 만드는 과정도 어렵고 귀한 재료들이 많이 들어가는 음식이다. 호두, 팥, 유자, 대추, 잣, 밤 등 최고급 재료들이 쌓인 모양이 마치 봉우리 같아서 '봉우리떡'이라고도 불린다.

　여사님은 옥수수도 좋아하셨다. 제철이면 1년치 옥수수를 한꺼번에 사들여 삶은 다음 냉동보관하기도 했다. 또 평소 식사량에 비해 간식을 즐기셔서 하루 두어 번씩은 꼭 간식을 챙겨드렸다.

공갈빵도 여사님이 좋아하는 간식 중에 하나인데 매번 사서 드릴수 없어 직접 배워 만들어드리기도 했다. 청계천 근처에서 공갈빵을 파는 노점상에게 반죽과 굽는 법을 배운 후 여러 번의 시행착오 끝에 완성해냈다. 덕분에 요리사들은 365일 매일을 바쁘게 보냈다.

김대중 대통령은 양식은 별로 좋아하지 않으셨다. 하지만 아침식사만큼은 '한국식 브렉퍼스트' 스타일을 고수하셨다. 젊었을 때 해외 유학을 하신 탓인지 아침에는 감자, 고구마, 옥수수, 베이컨, 삶은 계란, 과일, 오트밀, 떡 등을 골고루 드셨다. 접시 하나에 조금씩 다양하게 담아 내드리면 거의 남기지 않고 드셨던 걸로 기억한다.

특히 외부 음식보다는 청와대 요리사들의 음식을 선호하셨다. 보통 50명 정도가 넘는 행사는 호텔 케이터링을 부르는데 그다지 좋아하지 않으셨다. 영빈관에서 행사를 하거나 부득이하게 외부 음식을 드실 때면 속이 불편해 음식을 충분히 드시지 않고 그대로 남기시기도 했다. 그럴 때는 꼭 '김치 김밥'을 청하셨다. 참기름과 약간의 소금으로 밥을 밑간한 후 살짝 익은 김치를 달달 볶아 만드는 단출한 김밥이었다. 여기다 계란탕을 따끈하게 끓여서 드리면 꽁지까지 남김없이 드셨다. 계란탕은 멸치육수에 청경채, 당근, 팽이버섯, 부추를 넣고 소금 간을 한 후, 계란을 풀어 10여 초

저어준 뒤 불을 끄고 마지막에 참기름 한 방울을 넣었다. 그 외에도 채소탕면을 자주 청하시곤 했는데 갑자기 찾으셔서 부랴부랴 준비해드린 적이 잦았다. 게살 수프는 몸이 안 좋으실 때 자주 드셨다.

돌이켜보건대 청와대 주방이 가장 바빴던 때도 바로 이때였다. 웬만한 행사나 모임의 음식을 모두 주방 팀에 부탁하셨기 때문이다. 한번은 초창기에 행사장에서 외부 음식을 드신 이희호 여사님이 주방 팀에 이런 말씀을 전하셨다.

"대통령께서 호텔 음식은 영 입맛에 안 맞다고 하시네요. 일하시는 분들이 힘드시겠지만 50명 정도의 행사는 직접 맡아주시면 좋겠습니다."

청와대 주방에서 준비하는 행사가 많아지면 그만큼 요리사들의 몸은 고달프다. 하지만 대통령을 모시는 청와대의 일원으로서 우리가 만든 음식을 삼시세끼 드시며 좋아해주시니 그보다 더 큰 보람은 없었다. 특히 김 대통령의 남다른 중식 사랑 덕분에 나는 원 없이 음식을 해드리며 더없이 큰 자부심과 사명감을 가지고 일할 수 있었다.

내 인생을 바꾼
3명의 사부

　신라호텔에 들어갔을 때만 해도 요리사가 천직이 될 줄은 꿈에도 몰랐다. 그저 운 좋게 구한 직장에서 적성에 맞는 일을 찾았다고만 생각했다. 그러던 내가 중식 요리사를 천직이라 생각하게 된 것은 신라호텔 시절 이본주 부장님과 후덕죽 상무님이라는 걸출한 사부들을 만났기 때문이다.

　이본주 부장님에게는 중식요리의 기본기를 제대로 배울 수 있었다. 음식의 간과 온도, 볶고 튀길 때의 타이밍과 담음새까지 요리하는 순간순간 놓쳐서는 안 될 섬세한 포인트를 잘 짚어주셨다. 중식요리의 독특한 풍미를 살리는 한 끗 차이가 무엇인지 가르쳐

주신 사부였다.

후덕죽 상무님은 내가 입사했을 당시 화교 최초의 신라호텔 조리부장으로 명성이 자자했다. 상무님을 처음 뵌 날의 기억은 아직까지도 생생하다. 가까이 다가가지도 못할 정도의 남다른 카리스마와 자신만의 신념을 가진 상무님은 중식 요리사들에게 선망과 동경의 대상이었다. 상무님의 말 한마디는 곧 트렌드가 되었다.

"이제는 소스 싸움이다."

특히 중식, 일식, 양식의 식재료가 모두 비슷해지는 상황에서 차별점은 결국 양념맛이므로 소스 개발에 주력하라고 하셨다. 그 덕분에 신라호텔 중식당은 대한민국 최고의 중식 레스토랑으로서 명성을 유지할 수 있었다.

나를 청와대에 추천해주신 분도 상무님이었다. 청와대 발령을 받고 인사드리러 갔을 때는 어깨를 툭툭 치시며 격려까지 해주셨다.

"재료 공수가 안 되거나 새 메뉴가 필요하면 언제든 와서 배워라. 신라에 누만 끼치지 않는다면 다시 받아줄 테니 열심히 해서 5년 뒤에 복귀해라."

상무님의 그 말씀을 가슴에 새기고 정말 최선을 다했다. 나는 휴가 때면 2박 3일 일정으로 신라호텔에 가서 새 메뉴를 배워왔다. 그때도 상무님은 어김없이 밤늦게까지 맹훈련을 시키셨다.

한번은 청와대를 나와 장충동 앰배서더 서울풀만호텔 중식당의 수장이 되신 상무님께 인사를 드리러 간 적이 있다. 그때 "상현아, 너처럼 근면 성실한 요리사는 없었다. 네가 잘돼서 참 좋다." 말씀하시던 순간을 나는 영영 잊을 수 없을 것 같다.

마지막으로 내 인생의 남은 가장 소중한 사부는 바로 아버지다. 이본주 부장님과 후덕죽 상무님이 평생 중식 요리사로 자긍심을 가지고 살게 해주셨다면, 아버지는 나에게 성실함이라는 본질적인 삶의 가치를 몸소 보여주셨다.

우리 가족은 내가 초등학교에 입학하기 전에 목포에서 서울로 올라왔다. 너무 어릴 때의 일이라 어렴풋하게 떠오르는 기억이라고는 아침에 눈 뜨자마자 엄마 손에 이끌려 영문도 모른 채 올라탄 무궁화호 안의 풍경 정도다. 내 기억에 서울로 가는 우리 집의 이삿짐은 솥단지와 거울 그리고 이불과 옷 보따리가 전부였다. 이불 보따리를 껴안고 있던 어머니는 막냇동생을 임신한 상태였고, 아버지는 서울로 가는 내내 아무 말씀 없이 창밖만 쳐다보셨다. 무작정 서울로 상경하던 그날, 무궁화호에 앉아 있던 두 분의 모습은 마치 한 장의 사진처럼 지금도 선명하다.

목포에서 살 때 우리 집안의 형편은 꽤 넉넉한 편이었다. 아버지가 목포고속터미널에서 소장으로 일하셨고 작은 배를 두 척이나 가지고 있었으니 어머니가 살림 걱정을 하실 일은 없었다. 하지만 큰아버지의 빚보증을 잘못 선 게 문제가 되면서 순식간에 가세가 기울었다. 결국 빚을 감당하기 힘들어진 아버지는 더는 버틸 수 없게 되자 집과 남은 재산을 모조리 정리하고 서울 고모네로 향했다.

1970년대 초, 세곡동 단칸방에서 살던 고모네의 형편도 우리 집과 별반 다르지 않았다. 서울로 상경한 사촌누나 2명과 우리 식구까지 모두 8명이 한 방에서 먹고 자면서 지냈다. 그때 아버지는 그 어떤 궂은일도 마다하지 않으셨다. 일용직 노동자로 일하시다가 경비 일을 거쳐서, 나중에는 야구 경기장 앞에서 주전부리를 파는 노점상을 하셨다.

"내 식구 먹여 살리는 일에 귀천은 없다."

아버지는 청계천 지게꾼이든 일용 노동자든 직업에 귀천이 없다고 말씀하셨다. 그래서 나는 지금도 직업으로 사람을 평가하지 않는다. 내가 요리사로서 사명을 가지고 최선을 다해 살아올 수 있었던 것도 모두 아버지의 가르침 덕분이다. 그렇게 한평생 가족을 위해 헌신하신 가장 덕분에 우리 4남매는 부족함 없이 자랄 수 있었다. 이후 생활에 여유를 되찾고 편안해지신 아버지는 내가 청와대 요리사로 발령받고 2년이 지날 무렵 돌아가셨다.

이제는 시간이 흘러 청와대를 함께 거닐며 주방도 보여드릴 수 있게 되었는데 정작 아버지는 세상에 안 계신다. 하지만 살아계셨다면 그 누구보다 아들을 자랑스러워하고 격려해주셨을 아버지는 진정한 정도正道를 가르쳐준 내 인생의 영원한 사부다.

부용게살수프

🍲 재료(3~4인분)

닭 육수 500ml
홍게살 70g
백목이버섯(불린 것) 25g
팽이버섯 25g
달걀흰자 1개
청주 1큰술
농축치킨부용 1/2큰술
꽃소금 1꼬집
백후추 약간
참기름 1큰술
물전분(감자전분 2큰술 + 물 3큰술)

🥄 닭 육수

물 3000ml
닭 1마리
대파 1개
생강 10g
양파 1/2개

1 흐르는 물에 씻은 생닭을 냄비에 담고, 물에 잠길 정도로 끓여 불순물을 제거한다.
2 한소끔 삶은 닭을 꺼내 물을 버리고 씻은 다음, 다시 냄비에 물 3000ml를 붓고 대파, 양파, 생강과 함께 끓인다.
3 냄비가 끓어오르기 시작하면 약불로 줄이고, 약 2시간 우려내 체에 걸러 육수로 쓴다.

🍳 만드는 방법

1 백목이버섯을 칼로 굵게 다진다.
2 팽이버섯은 1cm 정도 간격으로 자른다.
3 냄비에 준비한 닭 육수를 붓고 끓기 시작하면 홍게살, 팽이버섯, 백목이버섯을 넣는다.
4 청주, 치킨부용, 꽃소금, 백후추를 첨가해 간을 본다.
5 불을 끈 냄비에 물전분을 넣어 농도를 맞춘 다음 다시 불을 켜 달걀흰자를 넣고 저어준 후 참기름으로 마무리한다.

"

배부르게 잘 먹었으니
오늘은 이만하면 됐습니다.

"

2장

한 분의 귀한 손을 맞듯
대통령을 모시는 마음

노무현 대통령
(2003~2008)

퇴근길에 만난
그때 그 사람

"안녕하십니까? 퇴근하세요?"

청와대 직원들은 퇴근할 무렵 자전거를 타고 관저로 향하는 노무현 대통령과 종종 마주쳤다. 그때마다 노 대통령은 직원들에게 먼저 인사를 건네셨다. 경호원들은 멀찍이 떨어져서 지켜만 볼 뿐 가까이 다가서지는 않았다.

노 대통령은 관저에서 본관, 춘추관, 영빈관 등 주로 이용하는 공간을 오갈 때는 차를 타셨다. 그것은 다른 대통령도 마찬가지였다. 하지만 퇴근길이나 쉬는 날에는 자전거를 타거나 걸어서 청와대 이곳저곳을 산책하셨다. 특히 본관에서 시작해 녹지원 정원을 한 바퀴 돌아 상춘재로 올라가는 길을 주로 이용하셨다.

상춘재는 전통가옥 양식의 건물로 의전 행사장으로 많이 활용되었다. 녹지원은 역대 대통령들의 기념식수를 비롯해 소나무, 매화나무, 산수유나무 등 총 100여 종이 넘는 나무가 있는 더없이 아름다운 정원이다. 처음 청와대에 들어가 녹지원의 나무들을 바라보며 감탄을 금치 못했던 기억이 난다. 그렇게 20년 넘게 우리나라 최고의 정원이 있는 직장에서 일할 수 있었던 것도 큰 행복이라면 행복이었다.

노무현 대통령에게 녹지원은 손주와 행복한 한때를 나눈 공간이기도 했다. 가끔은 첫 손주를 자전거에 태워 그곳 잔디밭에서 시간을 보내셨다. 손주의 재롱에 행복해하는 영락없는 우리네 할아버지의 모습이었다.

노무현 대통령이 자전거로 다니시던 길은 녹지원을 지나 상춘재를 왼쪽에 두고 관저로 올라가는 길이었지만, 걸어다니실 때만큼은 녹지원과 수궁터 사잇길을 자주 이용하셨다. 그 길에는 잉어가 많은 연못이 있어서 한동안 걸음을 멈추고 그것들을 바라보곤 하셨다. 그런데 가끔 너구리 가족들이 출몰해 하도 잉어를 잡아먹는 통에 비단잉어를 딴 데로 옮기기도 했다. 그 외에 관저 주변을 뺑 도는 산책도 즐기셨다. 그때마다 직원들이 오고 가며 대통령과 자주 마주쳤다.

청와대 경내는 천혜의 자연이 그대로 보전된 지역이기 때문에 걸어다니다 보면 너구리뿐 아니라 다람쥐, 청솔모 등과도 자주 마주친다. 이명박 대통령 때는 경내를 뛰어다니는 사슴과 토끼를 보기도 했다. 경찰 인력인 백일단이 사슴과 토끼를 관리하며 쫓아다니느라 바빴다는 웃지 못할 사연도 있다.

노무현 대통령이 자전거로 청와대 구석구석을 다니셨다면 김대중 대통령은 불편한 다리 때문에 대부분 차를 이용하셨고 산책도 거의 하지 않으셨다. 이명박 대통령은 산책을 즐겨 뒷산으로 자주 등산을 하러 다니셨지만, 노무현 대통령만큼 직원들과 마주치고 대화할 일은 많지 않았다.

노무현 대통령의 취임식이 있은 지 며칠 지나지 않았을 때의 일이다. 대통령께서 불쑥 관저 주방에 들어오신 적이 있었다. 퇴근후 관저 주변을 산책하시다가 주방 뒷문에서 불빛이 새어 나오고 웅성거리는 소리가 들리니 그쪽으로 발길을 돌리신 것이다.

"안녕하십니까."

대통령의 목소리가 들리자 모두 하던 일을 멈추고 일제히 뒷문으로 고개를 돌렸다.

"아, 안녕하십니까, 대통령님."

"이곳은 뭐 하는 곳입니까?"

그때 바로 뒤따라 들어오신 권양숙 여사가 노 대통령의 팔을 붙들고 재촉하셨다.

"아유, 일하는 사람들 불편하게 여기는 왜 들어오십니까?"

"아니, 내가 우리 주방에 들어온 게 뭐가 문제입니까? 사람 있는 곳에 못 갈 데가 어디 있나요?"

"어서 나갑시다."

영부인의 만류에 노 대통령은 주방 안으로 들어오지는 않으셨다.

"잘 봤습니다. 수고들 하세요."

두 분의 가벼운 실랑이가 마무리되자 쥐 죽은 듯 조용하던 주방 안이 다시 웅성대기 시작했다. 그때까지는 단 한 번도 대통령이 주방에 들어온 적이 없었기 때문이었다. 무엇보다 대통령 내외분의 실랑이가 지극히 평범한 부부의 모습이었기에 더 인상 깊었다. 이외에도 노무현 대통령은 직원들과 스스럼없이 대화를 나누는 것은 물론 담배도 함께 태우셨다.

한번은 영빈관에서 호텔 케이터링 행사를 마친 후 주방 뒤뜰에 모여 담배를 피던 직원들이 화들짝 놀란 적이 있었다. 요리사와 홀 직원들이 담배를 피우는데 노 대통령이 다가오시는 게 아닌가.

"여기가 담배 피우는 곳인가요? 그럼 저도 같이 한 대 피겠습니다."

다들 서둘러 담뱃불을 끄고 주춤거리며 물러나 서로의 얼굴만 쳐다봤다. 당황하는 직원들의 모습을 보자 노 대통령은 "괜찮아요, 괜찮아요. 편하게 피세요."라고 하시며 그 자리에서 우리와 함께 담배를 피셨다. 근처에 경호원들이 몇몇 배치되어 있었지만 아무도 우리에게 딴 데 가서 피우라는 말은 하지 않았다.

처음에는 경내 여기저기서 만날 수 있는 대통령이 낯설기도 했다. 하지만 시간이 흘러 어느 순간부터는 노 대통령과 마주치는 일이 일상이 되었다. 사실 직원들이 노무현 대통령과 자주 마주칠 수 있게 된 데는 다 그럴 만한 이유가 있었다. 원래 청와대 경내에는 직원들의 출입이 통제된 대통령 전용길이 존재했다. 옛날로 비유하자면 왕이 다니는 길, 어도御道라고나 할까. 그 통제가 노 대통령의 지시에 따라 풀렸기 때문이다.

임기 초창기 청와대 경내를 자전거로 자주 산책하던 노 대통령은 비서관에게 인적이 드문 이유를 물으셨다.

"왜 도통 사람이 안 보입니까? 청와대가 교도소도 아닌데 경내에 지나다니는 사람이 안 보이네요. 왜 그런가요?"

그때 이후 청와대 내부의 모든 통제구역이 해제되었다. 그래서 어디서든 대통령과 조우할 수 있게 된 것이다.

노 대통령은 청와대 비표도 일원화해 통합 비표를 만드셨다. 비표란 청와대 출입 시 반드시 소지해야 하는 출입증으로 예전에는 청와대 비서동과 본관 비표가 따로 분리되어 있었다. 그래서 비서동 근무자가 청와대 안쪽으로 들어올 때는 별도로 비표를 받아야만 출입이 가능했다. 하지만 노무현 대통령이 이 오랜 방식을 바꾸었다. 이러한 조치 덕분에 청와대 직원들은 경내 여기저기서 대통령을 만날 수 있었다.

"안녕하십니까?"

퇴근길에 자전거를 타고 관저로 향하는 대통령과 마주친 사람이라면 누구나 들었을 법한 기분 좋은 인사말이다. 특유의 강건하면서도 울림 있는 목소리로 건네던 노 대통령의 인사말이 시간이 흐른 지금까지도 귓가에 아른거리는 것 같다.

18번 상록수와
막걸리 한 잔

저 들에 푸르른 솔잎을 보라.

돌보는 사람도 하나 없는데

비바람 맞고 눈보라 쳐도

온누리 끝까지 맘껏 푸르다.

　대식당 쪽에서 노무현 대통령이 부르는 '상록수'가 흘러나오면
으레 직원들은 이제 술자리를 파하고 침실로 가시는구나 생각했
다. 그리고 아주 가끔은 '부산 갈매기'를 부르시기도 했다. 노 대통
령은 업무가 끝난 평일 저녁 종종 참모들과 반주를 하셨다. 간혹

비 오는 주말에는 충청도 '막걸리'와 '해물파전'을 청하시곤 했다. 부침가루에 약간의 박력가루나 튀김가루를 섞어 반죽한 후, 넉넉히 두른 기름에 튀기듯 구운 해물파전을 유난히 좋아하셨다.

돌도다리가 제철인 3, 4월에는 도다리 쑥국과 도다리 회를 내드렸다. 그럴 때는 세트처럼 막걸리도 함께 가져다드렸다. 특히 노 대통령은 일식 스타일의 회가 아니라 경상도식 막회를 선호하셨다. 포구에서 어부들이 먹듯 숭덩숭덩 썰어낸 회를 참기름과 마늘을 듬뿍 넣은 된장에 찍어 드셨던 것이다. 상추와 깻잎도 늘 함께 곁들이셨다. 특히 막회는 편한 사람들과 술자리를 가지실 때만 등장하는 스페셜 안주였다.

홀에서 서빙하는 직원들의 이름을 모두 기억하고 계시던 노 대통령은 도다리 막회를 내어드린 그날도 빈 접시를 들고 나가는 직원에게 인사를 건네셨다.

"김 군, 오늘도 참 맛있었네."

홀 직원들은 음식을 올리거나 접시를 치울 때마다 별도의 인사말을 들었다. 노 대통령은 어떤 음식이든 마다하지 않고 맛있게 드셨고, 눈을 마주치고 웃으며 고마움을 표시하시곤 했다. 돌이켜보건대 5년의 임기 동안 음식에 대한 컴플레인은 딱 한 번뿐이었다.

"최 군, 오늘 조기찌개는 좀 짜네."

매번 국과 찌개의 염도를 체크하는데 그날따라 조기 자체에 간이 좀 셌던 것 같다. 홀 직원은 대통령이 드시다 만 국그릇을 주방에 들고 와서는 "오늘 식사 맡으신 분은 당분간 찌개 끓이지 마세요."라며 짓궂은 농담을 건네기도 했다.

음식을 하면서 늘 같은 간과 맛을 유지하기란 쉬운 일이 아니다. 특히 대통령 임기 초기에는 다양한 시행착오를 겪기 마련이다. 대통령의 고향이 어디인지에 따라 입맛이 확연히 달라지기 때문이다. 같은 메뉴라도 간, 식재료, 조리법에 미세하게 차이가 난다. 아무리 된장찌개와 김치찌개 같은 평범한 메뉴라도 입맛에 따라 조리법이 제각각이다. 대통령의 식단이라고 해서 매일 특별하고 새로울 수는 없다. 거의 365일 세끼를 모두 도맡기 때문에 일주일에 두세 번은 된장찌개나 국, 김치찌개가 메뉴에 오른다.

단, 노무현 대통령의 된장찌개에는 방아잎이 꼭 들어갔다. 된장찌개를 처음으로 끓여드린 날, 권양숙 여사께서 방아잎에 대해 이야기해주셨다.

"경상도에서는 된장찌개에 방아잎을 넣어 먹습니다. 냄새가 아주 향긋하니 좋아요."

그날 이후 된장찌개뿐 아니라 추어탕을 비롯한 잡내가 나는 식재료에는 방아잎을 사용했다. 그래서 급기야 청와대 온실과 인수문 정원에서 방아잎을 키우게 되었다.

노무현 대통령은 김치찌개도 자주 드셨다. 돼지목살과 김치를 볶은 다음 멸치육수를 넣어 자글자글 끓이는 기본 스타일을 좋아하셨다. 이명박 대통령의 김치찌개는 돼지고기를 참기름에 볶은 후에 멸치육수를 넣어 끓였다. 김윤옥 여사가 고기를 볶을 때 참기름을 써서 볶아달라고 당부하셨기 때문이다. 이는 잡내를 제거하기 위함이었다. 이렇게 조리법은 조금씩 달랐지만 김치찌개의 맛을 좌우하는 것은 오직 단 하나, 김치 본연의 맛이다. 김치가 맛있으면 맹물을 넣고 끓여도 맛있다. 그리고 한 번에 10인분 정도는 끓여야지만 제대로 된 맛이 우러난다. 큰 냄비에 초벌로 끓인 김치찌개는 나갈 때 뚝배기에 옮겨 두부, 파, 고추 등을 얹고 다시 잔잔한 불에 끓여 마무리한다. 이때 간이 조금 싱거우면 꽃소금으로 조절한다. 고춧가루는 거의 쓰지 않는데 간혹 국물 농도가 너무 묽으면 사용하기도 한다.

된장을 활용한 국도 자주 메뉴에 올랐다. 노무현 대통령은 건새우아욱국, 김대중 대통령은 시래기된장국을 좋아하셨다. 김치찌개와 마찬가지로 된장국도 된장이 좋으면 부재료가 무엇이든 감칠맛이 나게 마련이다. 된장은 진상받은 것을 주로 썼는데 이상하게도 청와대에서 직접 담근 된장은 그에 비해 맛이 깊지 않았다.

명절음식도 기본적인 메뉴는 대동소이했지만 대통령마다 조리법은 조금씩 달랐다. 보통은 잡채, 갈비찜, 굴비구이를 비롯해 육전, 동태전, 호박전, 고구마전을 준비하는데 이명박 대통령 때는 돔베고기도 추가했었다. 설날 떡국은 다시물과 부재료에 조금씩 차이가 있었다. 노무현 대통령과 이명박 대통령 그리고 박근혜 대통령은 사골떡만둣국을 드셨고, 김대중 대통령은 굴떡국을 드셨다.

대통령마다 별미음식도 다르다. 노 대통령이 즐기신 별미음식은 '모내기국수'였다. 경상도식 잔치국수로 소면 위에 계란과 함께 듬뿍 올린 부추가 모를 심은 것처럼 보인다고 해서 모내기국수라고 부른다. 실제로 경상도 지역에서 모내기할 때 새참으로 많이 먹었던 음식이다.

그런데 노무현 대통령은 가끔가다 밀가루 음식을 드시지 않았다. 평소에는 잘 드시다가도 국정이 혼란스러울 때는 모내기국수조차 안 드셨던 것이다. 피로가 쌓이거나 신경을 많이 쓰시면 알레르기 반응이 나왔다고 들었다. 그때는 밀가루 대신 쌀로 빵을 만들고, 메밀가루로 면을 만들어 국수와 짜장면을 해드렸다.

노 대통령은 아무리 맛있게 드신 음식이라도 그 자리에서 두 번 청하지는 않으셨다. 반찬 그릇이 비어 있어도 못 채우게 하셨다. 주방에서 음식을 다시 만들어야 할 수도 있고, 결국 남기면 버리게 된다는 이유에서였다. 그래서 혹시 더 드시겠냐고 물어보면 매번 "배부르게 잘 먹었으니 이만하면 됐습니다."라고 답하셨다.

음식을 만드는 요리사로서 가장 뿌듯할 때는 말끔히 비워진 그

룻들을 받아들 때다. 그때만큼 보람을 느끼는 순간도 없는데 거기에 더해 "오늘도 맛있게 잘 드셨답니다."라는 피드백까지 들으면 준비하는 동안의 긴장과 피곤함이 싹 다 날아간다. 그리고 내일은 더 정성껏 모셔야겠다는 다짐을 하게 된다.

일요일 아침마다
라면 끓이는 대통령

"앞으로 일요일 아침은 준비하지 마시랍니다."

"그게 무슨 소리예요? 두 분 다 아침을 안 드신다고요?"

"아니, 전날에 간단히 감자나 고구마, 과일을 준비해두시라네. 그게 아니면 라면을 드시겠다고."

"그럼, 일요일마다 라면을 청하실 때 끓여드리면 되는 거죠?"

"아니…. 대통령님이 직접 끓이신대."

노무현 대통령의 임기가 시작된 지 얼마 되지 않았을 때의 일이다. 느닷없이 운영관이 대통령 내외분의 일요일 아침식사를 준비하지 말라는 게 아닌가. 게다가 대통령이 직접 라면을 끓이신다니 아닌 밤중에 홍두깨도 아니고 다들 영문을 몰라 어리둥절했다.

"일요일 아침은 주방 식구들도 집에서 식사하고 천천히 나오게 하세요. 서포트하는 직원들도 마찬가지입니다. 우리는 우리가 알아서 해결할 테니 아무도 신경 쓰지 마세요."

노무현 대통령이 직접 운영관에게 하신 말씀이다. 주방 직원과 홀 직원이 일요일도 쉬지 못하고 아침 일찍 나오는 게 마음 쓰이신 모양이었다. 워낙에 소탈하신 성품에 청와대 직원들에 대한 배려도 남다르셨기에 파격이라고 생각이 들지는 않았다.

가족식당 주방 한편에 필요한 재료와 가스버너만 준비해달라고 하셨지만, 모시는 입장에서 손수 라면을 끓이신다는 게 걱정이 되었다. 그래서 교대로 나가서 대기하고 있자는 데 의견이 모아졌다. 갑자기 찾으실 수도 있으니 홀과 주방에서 제시간에 책임자가 1명씩 나와 로커에서 대기하고 있기로 했다. 처음 몇 번은 당신이 직접 해드시겠지만 곧 다시 찾으실 거라고 말이다. 하지만 우리의 예상과는 달리 노무현 대통령 내외분은 임기 내내 일요일 아침을 손수 해결하셨다.

운영관의 지시가 떨어진 후 첫 번째 일요일 아침이었다. 재료는 전날 미리 준비해서 가족식당에 비치해놓았다. 대통령이 평소에 즐겨 드신 라면은 여유분을 포함해 4개씩 준비해드렸다. 그 외에 작은 냉장고에 계란 2개와 어슷썰기 한 파 그리고 배추김치, 깍두기, 열무김치를 넣어놓았다. 그러고는 홀 서빙 직원 1명과 요리사 1명이 항시 대기했다. 혹시나 대통령의 눈에 띌까 봐 로커룸에 몰래 숨어 있는 식이었다.

그러던 어느 날 홀 직원이 관저 주방 근처를 지나다가 그만 대통령의 눈에 띠고 말았다.

"김 군 아닌가. 내가 일요일 아침에는 아무도 나오지 말라고 했는데 왜 나와 있나?"

대통령에게 들킨 홀 직원은 그길로 뛰어와 나에게 어서 지하동으로 내려가라고 호들갑을 떨었다. 그렇게 한바탕 소동이 벌어지기는 했지만 이후로도 한 사람씩은 대기조로 나와 있었다. 다만 요리사들이 있는 사실을 아시면 정말 혼이 날 것 같아서 나 역시 일요일만큼은 가족들과 아침을 먹고 조금 늦게 나와 점심을 준비했다.

이처럼 주방 직원들에 대한 노 대통령의 배려는 남달랐다. 임기 초기에는 큰아드님 내외가 들어와 잠시 같이 살았던 적이 있었다. 첫 손주가 태어난 후 권양숙 여사님은 두 분이 식사하는 시간 외에 아들 가족의 식사는 별도로 차리지 말라고 당부하셨다. 당시 LG전자에 다니고 있던 장남 건우 씨는 거의 매일 저녁식사를 밖에서 해결했다. 출장을 다녀온 날도 여지없었다.

노 대통령 내외는 대개 아침 7시, 낮 12시, 오후 6시 반 이렇게 식사시간을 철저히 지키려 하셨다. 하지만 이것도 배려의 일환이었다. 부득이하게 식사시간이 늦어지면 우리가 기다리고 있다는 생각에 미안하셨던 것이다. 함께 생활하는 사람들에 대한 노 대통령의 배려는 임기 기간 내내 여러 가지 에피소드를 낳았다.

취임 후 첫 설 연휴에는 저도를 찾으셨는데 이때도 기억에 남을 만한 사건이 있었다. 저도는 고향인 진해 봉하마을과도 가까워서 겸사겸사 가셨던 것으로 기억한다. 대통령 내외는 전용배인 귀빈호를 타고 진해에서 거제도로 들어가셨고, 주방 팀과 검식관은 그보다 앞서 예약해놓은 거제도 횟집에 도착해 관련 준비를 했다. 기본적인 식사나 반찬은 보통 식당의 음식을 드시지만 회는 우리가 직접 작업해 내어드리곤 했다. 마침 그때는 막회를 준비하고 있었다.

보통 대통령이 외부 식당에서 밥을 드실 때는 참모진과 함께 별도의 룸에서 드신다. 그 외 인력은 다른 공간에서 식사를 하는 것이 불문율이다. 그런데 그날 갑자기 주방에 있던 우리까지 모두 부르시더니 같이 식사를 하자고 제안하셨다.

"대통령님께서 경호원을 비롯한 필수 인원만 빼고 다 들어와 함께 식사하자고 하십니다."

식당 주방에 들어온 비서관의 말을 듣고 우리는 깜짝 놀라지 않을 수 없었다. 대통령과 같은 방에서 식사를 하다니 상상조차 해본 일이 없었다. 식당 가장 큰 방에 참모진들과 함께 앉아 있던 대통령은 주방 식구들이 문 앞에서 주뼛거리자 들어오라고 손짓

하셨다.

"어서들 와요. 다 같이 밥 먹읍시다."

그리고 거제 인근 해역의 바다목장 이야기를 꺼내시며 식사시간 내내 편안한 분위기를 만들어주셨다. 평소에도 청와대 곳곳에서 직원들과 편하게 대화를 하셨기에 그런 노 대통령의 모습은 어쩐지 전혀 낯설지가 않았다. 거제도 주민들을 대하실 때도 마찬가지셨다.

그렇게 식사를 다 마친 대통령이 이동하실 때였다. 전용차가 주차되어 있는 식당 앞을 경호원들이 지키고 있었는데 마침 주변을 지나던 주민들이 양복 차림의 건장한 남자들이 서 있으니 누가 와 있나 궁금했던 모양이다. 그러자 대통령은 머뭇거리고 있던 주민들과도 자연스럽게 인사를 나누었다.

"안녕하십니까."

대통령이 모습을 드러내 먼저 인사를 건네자 깜짝 놀란 주민들은 박수를 치며 반가워했다.

"아이고, 노무현 대통령님 아니십니까?"

"우야꼬, 대통령이 우리 동네를 다 오셨네."

식당 앞은 경호원들이 지켜보는 와중에도 한동안 반가운 인사가 이어졌고, 대통령은 차에 올라탄 후에도 창문을 열어 주민들에게 손을 흔들어주셨다.

대통령을 가까이서 5년 정도 모시다 보면 누구나 그분의 소탈하고 인간적인 면모를 발견하게 된다. 그래서 언론 매체를 통해 흘러나오는 왜곡된 보도가 때로는 안타까웠다. 실제로 노무현 대통령처럼 청와대 직원을 가까이서 편안하게 대해주신 분은 없었던 것 같다. 인지상정인지라 모시는 동안 직원들의 마음가짐도 남달랐다.

특히 노 대통령이 탄핵 정국에 업무를 놓고 관저에만 머무실 때는 평소보다 음식에 더 많은 신경을 썼다. 우리 일은 열심히 한다고 눈에 띄게 표가 나지는 않는다. 하지만 음식을 통해서라도 흐름의 전환을 드리고 싶어서 식재료와 조리법을 바꾸고자 부단히도 노력했다. 그때는 음식 간이나 매운 정도를 평소보다 좀 더 강하게 맞춰드렸고, 지방 특산물을 공수하거나 대통령의 단골식당에서 음식을 많이 사왔다. 그렇게나마 조금이라도 도움을 드리고자 애썼다.

노 대통령은 직무정지 상태일 때도 가족을 비롯한 지인들과 오만찬을 가졌다. 그 시각, 주방에서는 다들 별다른 말은 하지 않았지만 그 어느 때보다도 정성을 기울였던 것으로 기억한다. 그것이 대통령을 모시는 요리사가 할 수 있는 마지막 최선이었다. 모시는 내내 언제 어디서 만나도 환하게 웃어주시며 배려를 아끼지 않으셨던 그날의 노 대통령이 참 많이 그립다.

복달임하셨습니까?

무더운 여름이 시작되고 복날이 다가오면 청와대 주방에서도 복달임(복이 들어 몹시 더운 철) 음식 준비가 한창이다. 체력과 면역이 떨어지는 삼복더위에 대통령들을 위한 청와대 대표 보양식으로는 '토종닭백숙'과 '삼계탕'이 있는데, 초복에 인삼을 넣은 삼계탕을 준비했다면 말복에는 전복과 낙지를 넣은 백숙으로 닭의 종류와 그 밖의 식재료에 변화를 준다. 중복에는 닭 대신 장어 숯불구이 또는 민어전과 회, 탕까지 코스요리를 준비한다.

그중 노무현 대통령이 즐기신 음식으로는 단연 삼계탕을 꼽을 수 있다. 특히 청와대 인근에 위치한 서울 4대 삼계탕 맛집 '토속촌'은 노 대통령이 비서진과 자주 다니신다는 사실이 알려지면서 복날만 되면 가게 앞에 줄을 서는 손님들로 장사진을 이루었다.

평소에도 토속촌 삼계탕을 드시고 싶다 하셔서 식당에 찾아가 포장된 음식을 공수해온 적도 있었다. 그래서 매번 사오느니 우리가 토속촌에 레시피를 물어봐서 직접 만들어드리자는 의견이 나왔다. 하지만 토속촌에서는 대통령을 위한 요리라고 해도 식당 레시피는 알려줄 수 없다며 정중하게 거절해왔다. 어쩔 수 없이 우리가 재료와 조리법을 분석하고 유추해, 토속촌 못지않은 청와대식 삼계탕 레시피를 만들었다.

토속촌 삼계탕은 견과류와 곡물이 들어간 걸쭉한 스타일의 삼계탕이다. 여기서 가장 중요한 조리 포인트는 닭 육수에 잣과 해바라기씨 등 견과류 3, 4종을 빻은 가루와 들깨가루를 섞어 끓인 후 다시 그 국물에 삶아놓은 닭을 넣고 팔팔 끓이는 것이다. 닭은 찹쌀, 은행, 인삼 등의 재료로 속을 채운 후 압력솥에 따로 삶아놓는 과정이 핵심이라고 할 수 있다.

여러 번의 시행착오 끝에 최대한 근사치까지 맛을 끌어올릴 수 있었다. 주방 안에서도 요리사들끼리 이 정도면 대통령께 올릴 수 있겠다는 판단이 섰다. 그래서 자신 있게 메뉴에 올릴 날만을 기다리고 있었다. 그 무렵 때마침 삼계탕 오더를 받게 되었다. 우리가 머리를 싸매고 연구한 특제 삼계탕 레시피로 모실 기회가 찾아온 것이다. 홀 직원에게도 별다른 코멘트 없이 완성된 음식을 내놓았다. 말끔히 비워진 그릇을 들고 주방에 들어온 홀 직원이 대뜸 물었다.

"이 삼계탕 토속촌에서 사온 거예요?"

"아니, 우리가 주방에서 레시피를 개발해 만든 건데. 왜?"

노 대통령께서 삼계탕을 한 입 드시더니 토속촌에서 사온 거냐고 물어보셨다는 것이다. 홀 직원은 그렇다고 답했다며 난처해했다. 국물 점도粘度부터 딱 그 집 삼계탕이길래 자신 있게 대답했는데 자기가 거짓말한 사람이 되었다며 울상을 지었다. 삼계탕 해프닝 덕분에 그날 주방에서는 오랜만에 웃음꽃이 피어났다. 청와대 고유의 삼계탕 레시피는 그렇게 탄생했고, 이 레시피는 실제 모 방송 프로그램에서도 소개되었다.

이외에도 닭 속에 삼을 넣고 맑은 육수를 내는 또 다른 버전의 삼계탕도 있는데 이때는 아주 특별한 부재료가 들어간다. 바로 완도의 '황칠나무'다. 황칠나무는 한국 고유의 특산종으로 학명이 '나무인삼'일 정도로 매우 귀하다. 황칠은 주로 궁중의 염료로 사용했는데 지금은 건강식 약재로 많이 이용한다. 그늘에서 잘 말린 황칠나무 가지는 몸속에 있는 나쁜 콜레스테롤을 줄여주고 피를 맑게 하는 정혈작용과 간 기능을 증진하는 해독작용이 뛰어나다고 알려져 있다.

이 황칠나무와 가시오갈피를 섞어 육수를 내면 잡내 하나 없는 담백한 맛을 낼 수 있다. 음식 궁합도 아주 좋다. 보통 백숙은 닭을 반으로 자른 후 선호하는 부위를 골라 전복과 낙지 등의 해산물을 넣고 끓인다. 그에 반해 삼계탕은 긴 시간 동안 맑게 고아내는 방식이다.

노무현 대통령은 삼계탕 외에도 대구탕과 민어매운탕 등 생선으로 만든 각종 '탕 요리'를 좋아하셨다. 특히 "대구탕은 재료가 많으면 맛이 없으니 딱 무하고 파만 넣으면 된다. 그러면 아무리 못 끓여도 맛있다." 이렇게 말씀하시기도 했다. 이 대구탕과 관련해서 꽤 재미있는 에피소드가 하나 있다.

그날도 참모진들과 아침 회의를 하시던 날이었다. 마침 대구철이라 대구지리탕을 준비해드렸는데 음식이 반가우셨는지 운영관에게 먼저 말을 건네셨다.

"요즘 대구가 제철이지? 이건 어디 건가?"

"네, 노량진입니다."

갑작스러운 대통령의 질문에 당황한 운영관이 '가덕도 대구'라고 해야 하는데 대뜸 공급업체가 있는 '노량진 수산시장'을 답해버린 것이다. 순간 대통령을 비롯해 함께 식사하던 참모진들 모두 파안대소했다고 들었다. 벌건 얼굴로 난처해했을 운영관의 모습을 떠올리며 우리도 주방에서 한참 동안 웃은 기억이 난다.

노 대통령은 생선탕만큼이나 한 그릇 요리인 국밥 종류도 참 좋아하셨다. 얼갈이해장국, 순대국, 설렁탕 같은 국밥에 한두 가지

반찬만 놓고 드셨는데 참모진들과 회의를 하실 때면 빨리 식사를 마치기 위해 늘 국밥 종류를 청하셨다. 그중 소고기국밥은 경상도 장터 스타일로 파는 고춧가루가 들어간 얼큰한 맛을 좋아하셨다.

취임 첫날 아침상도 여느 가정집과 다를 바가 없었다. 콩나물국과 생선구이 그리고 밑반찬 몇 가지가 전부였다. 소박한 아침상으로 식사를 마친 노 대통령은 그날 주방에 직접 찾아오셨다.

"이렇게 맛있는 콩나물국은 처음 먹어봤네."

직접 주방에 찾아와 요리사들을 칭찬해주신 대통령은 모든 기억을 통틀어 노무현 대통령이 처음이었다. 보통은 운영관이나 홀 직원에게 음식에 대한 맛이나 고마움을 표현하시는 게 일반적이라서다.

우리가 모시는 대로 가리는 음식 없이 언제 어디서든 잘 드신 노 대통령은 홀 직원들에게도 "오늘 식사는 너무 맛있었다.", "대구탕은 다음에도 이렇게 끓여주면 좋겠다." 등등 칭찬을 아끼지 않으셨다. 하지만 요리사 입장에서는 그런 칭찬이 마냥 기쁘기만 한 것은 아니다. 그날의 재료를 사용해 다시 국을 끓인다고 해서 맛이 똑같이 나오리라는 보장이 없기 때문이다. 그래서 노 대통령이 맛있었다고 한 음식을 다시 만들 때면 요리사들끼리 서로 담당을 미루었다.

특히 대구탕을 끓이는 날에는 아침부터 가벼운 실랑이가 오갔던 기억이 떠오른다. 하지만 이제 살아생전에는 영영 노 대통령께 대구탕을 끓여드릴 기회가 없다. 그래서 아주 가끔 대구탕을 끓일 때면 그때 내가 한 번 더 해드릴 것을 하는 아쉬움이 든다.

방독면 쓰고
김장하는 요리사

전직 청와대 요리사들이 한자리에 모인 날이 있었다. 김대중 대통령 재임기간에 함께 일했던 요리사들로 다들 현업에 종사하고 있어 자주 모이지는 못했다. 하지만 그러다가도 오랜만에 만나면 바로 엊그제까지 청와대 주방에서 일했던 것처럼 서로가 익숙했다.

그날의 화제는 함께 일하던 시절의 고생담과 실수담이었다. 요리사들이 이구동성으로 꼽은 가장 힘들었던 순간은, 매년 12월 중순 있었던 연례행사 중 하나인 김장하는 날. 김장을 위한 재료 준비부터 마무리까지 꼬박 일주일이 걸리는데, 이틀 정도는 본관 직원 출입구 옆 공터에 모여 배추를 절이고 속을 넣었다.

그러고 보니 개중에서도 김장을 가장 오래 한 요리사는 단연 나였다. 다섯 분의 대통령을 모시는 동안 한 해도 거르지 않았으니 족히 스무 번은 넘게 한 셈이었다. 초창기 시절 김장을 할 때 힘들었던 일은 단연 고추 다듬기였다. 주방 팀 전원이 모여 마른 수건으로 건고추를 닦았는데, 재치기가 나와서 방독면을 쓰고 일하는 직원도 있었다. 배추김치만 400포기를 담갔으니 그때 우리가 다듬은 건고추 양만 500근 정도에 달했다.

고추를 닦을 때 어찌나 눈물 콧물을 흘렸던지 얼굴이 얼얼했던 기억이 지금도 생생하다. 그렇게 호되게 고추 닦기를 하다가 다음 해부터 근처 통인시장 방앗간에 맡겼고, 시간이 지나서는 질 좋은 고춧가루를 수소문해 공수해왔다. 빻아놓은 좋은 품질의 고춧가루도 많은데 굳이 건고추를 사서 생고생을 한 이유는, 재료 하나라도 우리 손으로 정성껏 다듬어 대통령을 모시고 싶었기 때문이다.

사실 김장할 때 배추를 절여서 씻는 것도 보통 일은 아니었다. 400포기를 일일이 손으로 절이고 물기까지 빼야 했으니 주방 팀 전원이 함께 해도 결코 쉽지 않은 작업이었다. 다행히도 그즈음 대통령의 순방 일정으로 요리를 하지 않아 김장용 마늘이랑 파 등 다른 속재료를 다듬고 준비할 짬이 있었다. 그래서 그 무렵 순방을 가신다고 하면 그렇게 반가울 수가 없었다.

가정에서 김장할 때도 며칠 전부터 갖가지 재료와 양념을 준비하듯이 청와대에서도 일주일 정도의 준비과정이 필요하다. 초창기에는 강원도 고랭지 배추를 사서 절이기도 했다. 노무현 대통령 때까지는 직접 배추를 사서 다듬고 절이다가, 이명박 대통령 때부터 땅끝마을 해남에서 절임배추를 사다가 김장을 했다.

김치속은 하루 전날 미리 준비해 영부인이 간을 보신 다음 염도나 맵기를 조절했다. 그 외에도 가풍에 맞는 저마다의 김장스타일을 주방에 전수해주셨다. 그러면 우리는 그에 맞게 해마다 김장을 준비했다. 젓갈도 제각각이었다.

특히 전라도식으로 김장할 때는 다양한 종류의 젓갈이 들어간다. 주로 황석어젓갈을 끓여서 생새우젓과 멸치젓을 섞어 넣었다. 경상도식으로 할 때는 젓갈을 적게 쓰는 대신 깔끔한 김치맛을 내는 데 집중했다. 이때는 사골국물과 갈치속젓, 거기다 낙지를 잘게 썰어 넣기도 했다. 그래서 노무현 대통령과 이명박 대통령 재임기간에는 곰국과 생갈치젓갈을 넣어 담백하고 시원한 김치맛을 구현했다. 반면 김대중 대통령 때는 칼칼한 젓갈향이 살아 있는 전라도식으로 담갔다.

청와대에서 김장할 때는 배추김치뿐 아니라 깍두기, 갓김치, 파김치 등도 빠질 수 없다. 그래서 종류마다 김치명과 제조일을 적은 이름표를 달아 김칫독에 보관했다.

김장이 끝나면 매년 하는 일과로 수육 삶기도 빠지지 않았다.

수육을 삶을 때는 맹물에 커피, 된장 그리고 파, 마늘, 생강 등의 향신채를 넣었다. 김장이 마무리될 즈음이면 오겹살을 70~80킬로그램 정도 삶아 각 부서마다 김치와 함께 돌리는데 마치 잔칫날 같다. 그래서 청와대 직원들은 육향이 진한 오겹살 수육과 갓 담근 배추김치를 먹을 수 있는 김장 날을 애타게 기다렸다. 우리로서는 고된 일이었지만 엄지손가락을 치켜들며 맛있다고 해주는 직원들을 보면 며칠 동안의 고단함은 사르르 눈 녹듯 사라지곤 했다. 그리고 그날 저녁은 대통령과 영부인도 수육과 김장김치에 얼갈이국밥을 드셨다.

김치 취향은 대통령마다 달랐다. 김대중 대통령은 적당히 발효되어 시지 않은 김치를 즐기셨다. 미역국과 시래깃국 같은 담백한 국에는 꼭 김치를 곁들이셨고, 돼지고기와 멸치육수로 푹 끓인 김치찌개를 좋아하셨다. 그 외에 여수 돌갓으로 담근 갓김치도 자주 올려드렸다. 돌갓김치는 잘 숙성되면 줄기에서 고소한 맛이 나고, 잎에서는 톡 쏘는 알싸하고 시원한 감칠맛이 나 별미다.

깍두기는 너무 단단하지 않으면서도 아삭아삭 씹는 맛이 있는 무로 만들었고, 파김치는 뿌리에 흰 부분이 많은 재래종 쪽파로 담가 유독 향이 깊고 단맛이 진했다. 그래서 평소 국밥을 즐긴 노무현 대통령과 문재인 대통령의 메뉴에는 깍두기와 파김치가 늘 함께 올랐다.

그런데 대통령들은 연세가 드실수록 잘 익은 김치와 갓 담근 생김치를 선호하지 않으셨다. 우리가 생각할 때는 가장 맛없을 시기의 김치를 좋아하셨던 것이다. 요리사들의 입맛에 맛있게 익은 김치를 드리면 너무 익었다고 말씀하시기도 했다. 묵은지도 별로 좋아하지 않으셨기에 늘 어정쩡하게 숙성된 김치를 내드렸다. 아마도 연세가 많아지시면서 점점 더 신맛을 싫어하게 되신 것은 아니었을까.

참고로 청와대에서 일하는 동안 김치와 얽힌 좋지 않은 기억도 있다. 2010년 가을, 배추 가격이 한 포기에 1만 원이 넘을 정도로 폭등한 적이 있었다. 김윤옥 여사가 마트에서 배추 가격을 확인한 후 이명박 대통령과 논의한 끝에 두 분 식사에 양배추김치를 대신 올리라는 지시가 내려왔던 것이다. 청와대에서는 특정 식품의 가격이 폭등 혹은 폭락하면 해당 음식에 정치적 메시지를 담아낼 때가 더러 있다.

이때는 배추 가격 폭등으로 전국이 떠들썩할 때라 이명박 대통령이 직접 비싼 배추김치를 먹지 않겠다고 밝혔다. 그런데 해당 기사가 나간 후 오히려 국민적 비난을 받았다. 배추 가격이 산지 가격과 큰 차이가 나는 이유를 찾아서 대책을 세워야지 청와대에서 대통령이 배추김치를 안 먹는 게 무슨 도움이 되냐는 비난이었다. 그 무렵 양배추김치를 내드릴 때마다 영 마음이 편치 않았다. 한동안 주방에서는 '김치' 이야기를 입에 올리는 일이 금기처럼 여겨지기도 했다.

사실 청와대 주방 팀이 모두 모여 준비하는 행사는 김장 말고도 다양하다. 각종 만찬이나 어린이날 행사 등도 그중 하나인데 특별히 기억에 남는 행사가 '제사'다. 제사 일정이 나오면 서너 주 전부터 비서들과 상세한 메뉴와 음식의 양을 정하고 운영관이 담당자를 정한다. 물론 일부 음식은 외부에서 사입하기도 한다. 단, 제사 당일에는 비번자 없이 전 직원이 출근한다.

내가 청와대에 있을 때 제사를 지낸 대통령은 노무현 대통령이 유일했다. 청와대에 입성한 첫해 조상님들께 대통령이 됐다는 인사를 드리는 차원에서 딱 한 번 상춘재에서 제사를 지내셨다. 나는 전 담당이어서 아침부터 저녁까지 전을 부쳤다. 전은 이쑤시개를 꽂아 고정시키며 높게 쌓아야 한다. 그 높이가 어느 정도가 될지를 정하면 양도 가늠할 수 있고 노동의 강도도 알 수 있다. 생선전, 육전, 호박전 등등 얼마나 전을 많이 부쳤던지 온몸에 기름 냄새가 배서 하루 종일 밥을 먹지 못할 정도였다.

청와대에서 경험한 제사와 김장은 만찬 때와는 다른 독특한 추억을 남겼다. 특히 청와대 요리사들이 한자리에 모여 가장 힘들었던 일 중 하나로 김장을 꼽았던 것은, 노동의 강도도 높았지만 무엇보다 일 년 내내 대통령이 드실 음식을 만든다는 책임감 때문이었다. 대부분의 대통령은 반찬 가짓수가 많으면 줄이라고 하셨다.

하지만 김치를 내오지 말라는 분은 단 한 분도 없었다. 청와대 요리사들에게 김장만큼 뜻깊고 중요한 행사가 없는 이유다.

봉하마을의
초대장

　노무현 대통령의 서거 10주기를 맞은 4월의 어느 날, 관저 직원들이 오랜만에 한자리에 모였다. 이날의 자리는 청와대 사람들이 보고 싶다는 권양숙 여사님의 초대로 이루어졌다. 관저 주방의 운영관과 요리사들, 조경과 청소를 담당했던 직원과 비서관까지 노대통령을 모시며 희로애락을 나누었던 30여 명의 동료가 자택에 모여 함께 식사를 하는 뜻깊은 날이었다.

　매년 5월이 되면 늘 마음은 봉하마을로 향한다. 하지만 현업에 있으면서 짬을 내기란 좀처럼 쉽지 않다. 당시는 문재인 대통령의 재임 시절이었다. 그럼에도 권양숙 여사님께서 이렇게 직접 자리를 마련해주시니 한달음에 달려가지 않을 수 없었다. 이 소식을 내게 전해준 사람은 상춘재를 관리하던 정리원 팀장이었다.

처음 그 소식을 들었을 때는 깜짝 놀랐다. 지위가 높은 청와대 공무원도 아닌 우리 같은 평범한 직원들을 무려 30명이나 초대하시다니…. 그저 다들 어찌 지내는지 연락을 주신 것만으로도 감사한 일인데 봉하마을로 불러주시니 새삼 감격스러웠다.

"반갑습니다. 그동안 잘 지내셨습니까? 다들 한번 뵙고 싶었는데 이제야 자리를 마련했네요."

권양숙 여사는 관저 직원 한 사람 한 사람 안부를 물으셨다. 나에게는 건강히 잘 지냈냐는 안부 인사와 함께 청와대 시절 먹은 중식이 참 맛있었다고 말씀해주셨다. 3, 4개의 타원형 테이블에 둘러앉은 우리는 그동안의 근황과 못다 한 이야기를 나누었다. 총무비서관실 직원들을 비롯한 참석자들이 자기소개를 하며 노 대통령과 함께한 시절의 기억을 하나씩 꺼내놓을 때마다 다들 눈시울이 붉어졌다. 특히 당시 일했던 신충진 운영관은 두 분을 가까이서 모셨기 때문에 추억도 남달랐을 것이다.

"주말 저녁에 노 대통령님이 막걸리를 드시고 가끔 부르시던 노래가 그립습니다."

"저희의 성을 다 기억하시고 항상 김 군아, 최 군아 불러주셨어요."

"믹스커피와 에쎄 담배를 좋아하셔서 저희가 늘 주머니에 믹스

봉지와 담배 두 개비를 넣고 다녔습니다. 참 좋아하셨어요."

신충진 운영관은 명절에 노 대통령께 세배를 드렸는데 항상 같이 맞절을 하셨다는 에피소드도 털어놓았다.

"그냥 상석에 앉아 절 받으시면 마음 편할 텐데 또 내려와 같이 맞절을 하시니 어찌나 당황스럽던지요."

청와대에 노 대통령의 소탈한 품성과 남다른 배려를 경험해보지 않은 직원은 아무도 없을 것이다. 그래서 다들 자신만이 간직한 한때의 소중한 경험을 이야기하며 시간을 보냈다. 10여 년 만에 모여 다시 그분을 추억할 수 있는 식사 자리를 마련해주시니 참으로 감사했다. 지금 생각해도 뭉클하고 눈시울이 붉어진다. 살아생전 타인을 먼저 생각하는 노무현 대통령의 모습을 지켜보면서 나의 삶도 많이 달라졌다. 베풀고 나누며 사는 삶이 주변 사람에게 어떤 영향을 미치는지 절절하게 깨달을 수 있었기 때문이다.

식사 자리를 마무리하고 일어서자 권양숙 여사는 직원들의 손을 일일이 잡고 덕담을 건네주셨다. 노 대통령이 퇴임하실 때 인수문에 도열해 있던 우리에게 "여러분들은 남아 있을 거예요. 잘했으니까요."라며 악수를 청하시던 그때가 떠올라 목이 메었다.

노무현 대통령만큼이나 정이 많으셨던 여사님은 주방 식구들에게 별도로 음식을 청하는 일이 거의 없으셨다. 그런데 한번은 비서관을 거치지 않고 주방에 직접 오셔서 음식을 만들어달라고 부탁하셨다.

"불도장 만드는 데 얼마나 걸리나요? 3개만 만들어서 포장해주세요."

평소에도 말씀이 없으신데 갑자기 불도장이라니…. 당장 부족한 재료도 많았고 무엇보다 포장용기가 없어 주방 안이 분주해졌다. 또 이렇게 특별히 음식을 부탁하신 적이 없었기에 다들 의아해했다.

몇 시간 뒤 비서관을 통해 우리는 이 불도장의 향방을 알게 되었다. 바로 세브란스병원에 입원해 있던 김대중 대통령께 드리는 음식이었던 것이다. 그 소식을 듣고 나니 조금 더 좋은 재료로 맛있게 만들어야겠다고 생각했다. 청와대에 계실 때도 불도장으로 원기를 회복하셨다는 사실을 알고 있었기에 그때 그 마음으로 돌아가 성심껏 음식을 만들었다. 그리고 신라호텔에 연락을 취해 팔선에서 사용하는 도자기 용기에 불도장을 담아 준비해드렸다.

그로부터 며칠이 지난 후였다. 비서관을 통해 반가운 소식을 전해 들을 수 있었다.

"김대중 대통령님께서 불도장을 드시고 기력을 회복하셨다고 합니다. 여사님께서 주방에 고맙다는 말씀을 전해달라고 하시네요."

오히려 내가 여사님께 감사의 인사를 해야 할 것만 같았다. 다시 한번 김대중 대통령께 불도장을 해드릴 수 있는 기회를 주셨으니 말이다. 내가 만든 음식을 기억하시는 것도 모자라 또 그걸 드시고 건강해지셨다니 이보다 더 큰 기쁨도 없지 않은가.

이제는 영영 뵐 길이 없는 김대중 대통령, 노무현 대통령뿐 아니라 다른 대통령들에게도 청와대 시절처럼 직접 음식을 해드릴 기회는 거의 없을 것 같다. 그래서일까. 청와대 직원들을 봉하마을에 초대해주셨을 때 여사님의 음식을 챙겨주시던 분이 내게 했던 말을 평생 잊을 수 없다.

"여사님이 중식을 좋아하시잖아요. 여기 봉하에서도 가끔 짜장면하고 탕수육 배달을 주문하시는데 거리가 멀다 보니 다 불고 눅눅해져서 와요. 그래서 여사님이 셰프님이 만들어주신 중식을 그리워하십니다."

중식을 좋아하셨던 여사님이 퉁퉁 불은 짜장면을 드셨다니 영 마음이 좋지 않았다. 그전에도 여건이 되면 청와대에서 드셨던 중식을 다시 한번 해드리고 싶다는 바람을 늘 가지고 있었다. 하지만 순수한 마음으로 하는 요리라 해도 여사님은 부담스러워하실 것 같아서 말씀드리지 않았다. 하지만 언젠가 연이 닿는다면 꼭 한번 여사님께 직접 만든 짜장면을 대접해드리고 싶다.

깊고 진한 맛으로
대통령의 마음을 보살피다

노무현 대통령은 2003년 58세의 나이로 대통령에 취임했다. 내가 모신 대통령 중에서는 취임 나이가 가장 젊었고, 최고령은 75세에 취임한 김대중 대통령이었다. 이명박 대통령은 68세, 박근혜 대통령은 62세, 문재인 대통령은 65세에 각각 취임했다. 이렇게 연세가 있는 대통령을 모시다 보면 건강관리가 무엇보다 중요하다.

주치의를 비롯한 영양사 등 대통령의 건강을 전담하는 수많은 이들이 있지만, 매일 드시는 음식은 대통령의 건강 유지와 질병 예방뿐 아니라 심리 안정에도 지대한 영향을 미친다. 그만큼 대통령의 삼시세끼를 매일 모시는 요리사들의 책임감과 부담감은 클 수밖에 없다.

노무현 대통령은 가리는 것 없이 골고루 잘 드셨다. 아주 평범한 서민식부터 별미식까지 남기는 것 없이 늘 맛있게 드셨고, 항상 활기찬 모습을 보여주셨기에 음식을 하는 요리사 입장에서 보람이 컸다. 다만 2004년 헌정 사상 최초로 국회에서 탄핵소추안이 가결되면서 두 달 가량 관저에만 머물러 계셨을 때는 여러모로 조심스러운 점이 있었다.

물론 노 대통령은 흔들림 없이 담담하게 그 시간을 보내셨다. 청와대 외부에서 추측하듯이 긴장감이 흐른다거나 위기감이 감돌지는 않았다. 그야말로 노무현스럽게 헌법재판소의 결정을 기다리셨던 걸로 기억한다. 2004년 5월 14일 헌재가 탄핵소추안 기각 결정을 내리면서 사태가 종결되었을 때는 참모들과 함께 술잔을 기울이면서 기뻐하셨다.

노 대통령은 권한이 정지된 두 달 동안 특별히 요청하는 음식도 없으셨기에 메뉴 자체에 큰 변화를 주지는 않았다. 그럴 때는 오히려 늘 드시던 대로 준비하는 것이 최선이기도 했다. 다만 음식을 만드는 요리사들의 마음가짐만큼은 조금 다르다. 음식으로 대통령의 마음도 보살펴야 하기 때문이다. 일주일에 두세 번 끓이는 찌개도 간 맞추는 데 신중을 기하고, 제철 식재료로 건강한 음식을 만드는 데 주력했다. 또한 평소에 충청도 막걸리를 좋아하시는 노 대통령을 위해 해물파전 같은 간단한 안주를 만들어드리곤 했다.

　김대중 대통령은 노무현 대통령에 비해 한참 고령의 나이였지만 식사량은 훨씬 많았다. 유도선수에 버금갈 정도로 대식가셨고 활동량도 많아서 초기에 경호원들이 힘들어할 정도였다. 하지만 해를 거듭할수록 식사량이 줄면서 취임 2년 차를 지나자 기력이 쇠하는 모습이 눈에 보일 정도였다. 임기 후반에는 아침과 점심을 겸한 한 끼와 간소하게 저녁을 드시는 횟수가 많아졌다. 특히 컨디션이 안 좋거나 기력이 떨어지시면 소화가 잘되는 고단백 수프와 죽을 드셨다. 주로 자연산 전복죽과 전복내장죽, 닭죽, 게살수프, 불도장을 선호하셨다. 그래도 가끔은 좋아하시는 중식으로 기력을 보강하시곤 했다.

　김 대통령은 취임 직후 IMF 사태 수습을 위해 분주하셨는데, 이후 터진 옷 로비 사건 등으로 국내 정치 상황은 더 녹록치 않았다. 1999년 5월, 외화밀반출 혐의를 받고 있던 신동아그룹 최순영 회장의 부인이 남편의 구명을 위해 법무부장관이던 김태정 전 검찰총장 부인에게 고가의 옷을 주었다는 의혹이 일었던 것이다. 당시 특별검사제도가 처음 도입될 정도로 큰 사건이었는데 청문회 과정에서 이희호 여사까지 거론되며 논란이 일 정도였다. 또한 세 아들의 문제로 대국민사과까지 했었다.

이럴 때 청와대 분위기는 냉랭할 수밖에 없고 주방에도 그 기운이 전해진다. 그때 우리는 심적 부담감을 느끼실 고령의 대통령을 위해 어떤 음식을 해드려야 할까 고심했었다. 다만 그럴 때일수록 평소 가장 즐겨 드시는 음식 위주로 해드리는 것이 최선임을 잘 알기에 오히려 특별식을 챙겨드리지는 않았다. 그보다는 조금이라도 더 좋은 식재료를 찾기 위해 애썼다. 사람은 누구나 입맛이 없고 힘들 때는 마음 편해지는 음식을 찾기 마련이다. 대통령도 마찬가지가 아닐까. 평점심을 유지하는 데는 늘 먹던 추억의 음식만큼 좋은 것이 없다.

그런 점에서 대통령의 건강을 위해 챙기는 정기적인 행사 중 하나가 건강검진이다. 이때는 평소 식단과는 달리 검진에 최적화된 식단으로 새로 메뉴를 짠다. 물론 대통령이라고 해서 우리와 별반 다를 것은 없다. 다만 건강검진이 있는 주간에는 영양 밸런스를 유지하되 재료와 조리법에 주의를 요하는 부분이 있었다.

건강검진 3일 전부터는 수박, 참외, 포도, 키위, 딸기 등 씨 있는 과일과 잡곡류, 해조류, 견과류는 철저히 피한다. 조리할 때 깨도 일절 사용하지 않는다. 검진 전날 점심에는 흰쌀죽과 초간장을 곁들인 연두부를, 저녁 6시 전에는 쌀미음과 맨간장을 준비해 내어드릴 뿐이다. 건강검진이 끝나는 날 저녁에는 기력을 보충할 수 있도록 해물버섯전골과 불고기 등 고단백 영양식을 준비하되 음식의 간은 평소보다 약하게 준비한다.

대통령 내외분이 건강검진을 무사히 마치고 평상식을 맛있게 드셨다는 피드백을 받으면 마치 내가 검진을 받은 것처럼 마음이 후련해진다. 청와대 요리사들에게 대통령은 그저 귀한 손님이 아니다. 한 나라의 국정을 책임지는 국가원수이기에 국민을 대표해 모신다는 막중한 책임감으로 대통령의 마음까지 살펴야만 한다. 그래서 음식을 만드는 스킬만큼이나 진심을 다하는 태도가 중요하다. 나는 김대중 대통령에 이어 노무현 대통령을 모시면서 정성이라는 것이 무엇인지를 마침내 깨달을 수 있었다.

주말라면

🍲 재료(1인분)

물 600ml
무파마 라면 1개
대파 20g
달걀 1개
김치 조금

🍳 만드는 방법

1 물을 부은 냄비가 끓기 시작하면 동봉된 면과 육수
  분말, 후레이크를 넣고 끓인다.
2 면을 3분 정도 끓인 다음 달걀과 대파를 넣는다. 달
  걀은 흐트러지지 않도록 한다.
3 1분 더 끓인 후 불을 끄고, 남은 후첨분말을 넣고 젓
  는다.
4 김치를 썰어 찬으로 낸다.

"

나한테는 이 음식이 입맛 없을 때
가장 먹고 싶은 음식입니다.

"

3장

몇 번의 계절이 바뀌어도
그 자리에 남는 것들

이명박 대통령
(2008~2013)

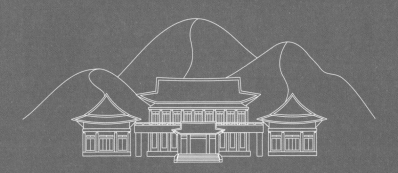

심미경호

"대통령님 점심 메뉴로 회덮밥 오더가 떨어졌습니다."

여느 때와 마찬가지로 점심을 준비하던 주방이 갑자기 분주해지기 시작했다. 부속실에서 예정에도 없던 특별식 주문이 떨어진 것이다. 이명박 대통령은 평소에도 포항식 물회를 즐겨 드셨는데, 마침 여름이 시작될 무렵 입맛이 없으셨는지 초고추장을 곁들인 회덮밥을 찾으셨다.

주방에서는 당장 횟감을 구하는 일이 급선무였다. 평소에는 생선을 공수해 직접 포를 뜨는데 그날은 준비가 안 돼 급히 광장시장에서 손질한 광어를 받아왔다. 일명 '석장 뜨기'라고 하고 일본

어로는 '오로시'라고 하는데, 뼈는 그대로 두고 위아래로 생선 살만 발라놓는 것을 뜻한다. 전달받은 광어 횟감을 주방에서 썰고 갖은 채소를 곁들여 회덮밥을 완성했다. 경호처와 주방 팀이 일사불란하게 움직인 덕분에 갑자기 떨어진 주문에도 점심시간에 딱 맞춰 식사를 준비할 수 있었다.

그런데 다음 날 아침, 검식관으로부터 청천벽력 같은 소리를 들었다. 이명박 대통령이 계속 복통을 호소하며 설사를 하셨다는 게 아닌가.

"의무실장님이 급히 연락을 받고 오셨어요. 대통령님이 어제저녁부터 오늘 아침까지 두 차례나 설사를 하셨답니다."

"네? 뭐라고요?"

"아무래도 점심때 드신 회덮밥 때문에 탈이 나신 것 같습니다."

"아니, 그날 검식관하고 우리 모두 회를 먹었는데 탈 난 사람이 없었잖아요."

"그전에 아무 이상이 없으시다가 설사를 하신 건 회덮밥에 문제가 있었던 게 분명합니다. 관련해서 주방 전수조사부터 실시하겠습니다."

경호처의 검식관과 의무실장으로부터 '회덮밥이 문제'라는 이야기를 듣는 순간 머릿속이 온통 새하얘졌다. 경호처뿐 아니라 의무실과 주방 모두 비상사태로 하루 종일 뒤숭숭했다. 우선 주방 내부와 식자재 중에서 문제가 될 소지가 있는 부분을 조사했다.

하지만 별다른 문제점을 찾을 수 없었다. 그렇다면 회덮밥에 들어간 회에 이상이 있었다는 귀결이 된다. 하지만 대통령께 드리는 음식은 그날 검식관이 가장 먼저 먹었고, 이후 남은 재료를 주방 직원들이 모두 먹었는데도 이상이 없었다. 함께 드신 김윤옥 여사님도 멀쩡하셨다. 결국 자극적인 초고추장과 마늘이 문제일 수도 있다는 의견이 흘러나왔다.

검식과는 주방 쪽에서 문제가 될 만한 소지를 찾지 못하자 생선을 납품한 수산물 가게의 위생 점검에 들어갔다. 그리고 해당 가게의 생선과 주방 환경을 검사한 결과, 나무 도마에서 교차오염을 발견할 수 있었다. 교차오염은 식재료나 기구, 용수 등에 오염되어 있던 미생물이 전이되는 현상을 말한다. 그 가게가 광어를 뜰 때 사용한 나무 도마는 오랫동안 사용한 탓에 중간이 움푹 파이고 시커멓게 색이 변해 있었다. 그 부분에서 오염물질이 발견되었던 것이다.

"우리는 경호에 실패했다."

다음 날 아침, 아침 조회 때 경호실장이 한 말이다. 그 말을 전해 들은 주방에서는 한숨이 끊이지 않았다. 대통령을 모시는 음식에 문제가 생겼다는 이야기를 면전에서 들으니 어찌나 맥이 빠지는지 하루 종일 심란했다. 그 일을 계기로 단 한 끼라도 긴장의 끈을 늦추어서는 안 된다는 각오를 새롭게 다졌던 것 같다. 이후로 대통령의 식사는 한동안 전복죽과 흰죽 등의 죽 종류로만 준비해드렸다.

무엇보다 음식은 '심미경호心味警護'의 대상이다. 이는 전두환 전 대통령 시절, 장세동 경호실장이 만든 말이다. 풀이하자면 '대통령의 마음과 음식까지 경호하라'는 소리다. 만약 음식을 드시고 컴플레인을 하신다면 그 역시 경호에 실패했다는 뜻. 대통령의 마음속까지 헤아려 가장 맛있는 음식을 편히 드실 수 있도록 하기 위해서는 늘 정성과 책임이라는 두 단어를 가슴에 품고 있어야 한다.

정성스럽게 음식을 만든다는 것은 음식의 위해요소를 최소화하는 일도 포함된다. 내가 만든 음식으로 대통령이 탈이 난다면 국정에 차질을 빚을 수 있기 때문에 이는 있을 수 없는 일이다. 그 다음이 '맛'이다. 그래서 여름에는 수시로 하루 한두 번씩 식기 살균소독을 하고, 보관시간도 짧게 조절해 한번 만든 음식을 두 번 쓰지 않는다.

이 사건은 내가 청와대 요리사로 일하는 동안 처음 겪었던 경호 실패 사건이었다. 그 이후에는 모든 생선을 직접 손질했다. 주방은 종전보다 더 현대화되고 위생도 상당 부분 업그레이드되었다. 예전에는 경호상의 문제 때문에 외부 도움 없이 요리사들이 주방 후드와 하수구 청소까지 도맡아 했었다. 하지만 이후에는 외부 청소 용역업체를 불러 주방 위생에 보다 더 만전을 기했다. 또한 이

때 주방 리모델링도 함께 진행되었다.

그뿐 아니다. 검식의 과학화와 첨단화가 이루어졌다. 별도의 예산을 들이는 방식으로 농약 등의 유해물질을 검사하는 이동식 검식 차량이 마련되었다. 대통령이 지방으로 출장을 가면 보통 검식관이 하루 전날 미리 가서 내외분이 드실 식재료를 위생 점검한다. 이때 종전에는 검식관이 키트를 사용해 각종 유해물질을 검사했다면 회덮밥 사건 이후로는 관능평가 및 과학검사를 실시하게되었다.

그런데 회덮밥 사태가 일단락되고 밝혀진 사실이 하나 있었다. 의무실장이 전해주지 않아서 몰랐던 사실인데 당시 이명박 대통령이 약을 복용하고 있었다. 특히 항생제를 복용할 경우에는 장내의 좋은 유산균이 사라지기 때문에 몸 상태가 정상이 아니다. 그래서 같은 회덮밥을 먹은 영부인과 직원들이 별 탈 없었던데 반해 이명박 대통령만 상한 음식을 먹은 것처럼 크게 탈이 났던 것이다.

이처럼 위생과 관련된 사건은 아니지만 대통령을 모시다 보면 사소한 실수부터 이런저런 비상사태가 벌어지곤 한다. 조리과정의 문제로 예상과 달리 완성도가 떨어지거나 제때 식사를 올리지 못하는 등의 긴급 상황들 말이다. 이런 일은 주로 청와대 내부 주방이 아닌 다른 공간에서 음식을 만들 때 일어난다.

이명박 대통령의 여름휴가 때 일이다. 여느 때처럼 저도로 일주일간의 휴가 일정이 잡히자 주방 인원들 모두 미리 내려가 음식을 준비하느라 분주했다. 대통령의 휴가 일정은 대부분 7월 말에서 8월 초이기 때문에 복날 음식인 백숙과 인근 바다의 회 등을 주메뉴로 정해놓는다. 그때도 백숙을 드리기 위해 현지에서 토종닭을 구입했다. 그런데 하필이면 독수리처럼 커다란 노계를 잡아온 게 아닌가.

역시나 가마솥에서 아무리 삶아도 닭의 육질이 좀체 물러지지 않았다. 만일의 사태에 대비해 노계를 삶는 중간중간 작은 닭을 별도로 삶기 시작했다. 토종닭의 육질이 도저히 올릴 수 없을 정도로 질기면 급히 바꿀 요량이었다. 식사를 올리기 전 주방 내부에서도 의견이 분분했다. 하지만 저도의 토종닭을 올리는 게 취지에 맞다는 쪽으로 의견이 모아지면서 최종적으로 토종닭이 저녁 식사 메뉴에 오르게 되었다.

그러나 식사가 시작된 지 얼마 지나지 않아 바로 컴플레인이 들어왔다. 이명박 대통령이 "이게 닭이냐 독수리냐. 너무 질기다."고 하신 것이다. 토종닭이라 좀 질기다는 반응이 나올 수는 있겠다고 짐작했지만 독수리 같다고 하실 줄은 몰랐다. 그 소식을 듣자마자 바짝 긴장한 주방에서는 부랴부랴 끓이고 있던 작은 닭을 꺼내 삼계탕으로 다시 내어드렸다. 평소에 음식을 드시면서 직접 컴플레인을 하신 적이 없으셨기에 우리도 놀랄 수밖에 없었다. 그날 이후로 토종닭으로 백숙을 할 때는 노계인지 아닌지부터 철저히 파악했다.

　한번은 저도에서 대통령과 참모들의 점심식사 도중에 음식이 제공되지 못한 일도 있었다. 한창 중식코스를 조리하고 있던 와중에 갑자기 가스불이 꺼지는 게 아닌가. 애피타이저인 냉채와 게살 수프가 나간 상태에서 세 번째 요리가 시작되는 시점이었다. 아무리 가스를 다시 켜봐도 불꽃이 올라오지 않았다. 저도는 도시가스가 들어오지 않아 LPG가스를 사용하는데 마침 이것이 동이 났던 탓이었다.

　"가스불이 안 들어오는데?"

　"뭐라고요? 방금 전까지 멀쩡히 나오던 불이 왜 안 나와요?"

　"이거 큰일 났네. 바로 볶음요리 나가야 하는데. 검식관에게 연락부터 해야겠어."

　음식을 하다 조리가 중단되는 일은 처음 겪은지라 주방 안은 우왕좌왕 갈피를 잡지 못했다. 한창 웍에서 해삼 송이 전복볶음을 만들고 있던 나는 검식관에게 급히 상황을 보고했다. 혼비백산이 된 검측관들은 사태 파악에 나섰고, 비상이 떨어진 경호원들은 가스통을 구하느라 혈안이었다. 그사이 대통령 일행이 식사 중이던 대식당에서는 왜 음식이 안 나오느냐는 독촉이 이어졌다. 하는 수 없이 가스가 없어서 음식을 못 한다고 이실직고해 시간을 벌 수밖에 없었다.

그렇게 부대 내 부사관들까지 총동원되어 가스통 구하기 작전이 펼쳐졌다. 결국 난리 북새통 끝에 추가 가스통을 공수할 수 있었고, 식사 중단 20여 분 만에 다시 조리에 들어갈 수 있었다. 기적이었다.

원래 검측부에는 검식과와 검측과 등의 여러 부서가 소속되어 있는데, 그중 검측관은 인원도 많고 중요 임무를 담당하고 있다. 그날도 검측관들이 가스통을 점검했어야 하는데 미처 하지 못했던 것이다. 이후 검측부에서는 같은 실수를 반복하지 않기 위해 대통령의 휴가지 사전 체크리스트에 조리용 가스 여분 확보를 주요 점검 사항으로 올렸다.

김대중 대통령과 노무현 대통령을 모시는 동안에는 초반 간이 안 맞는 경우와 같은 사소한 실수는 있었지만 회덮밥이나 조리 중단 사태처럼 큰 사건은 없었다. 이명박 대통령을 모시는 동안 있었던 몇몇 사건들은 지금 생각해도 아찔할 만큼 큰 사건들이었던 셈이다.

아직까지도 당시 경호실장이 했던 경호에 실패했다는 말이 잊히지 않는다. 한 나라의 대통령을 모시는 사람으로서 느껴야 할 막중한 책임감을 다시 한번 절감하는 순간이었다.

늘 하던 대로만 하면 "별문제 없겠지"라고 방심할 것이 아니라,

드시기 전까지 끊임없이 살펴야 한다는 교훈을 얻은 사건이었다. 대통령 요리사로서의 초심은 이때 비로소 완성되었던 것 같다.

소울푸드는
과거로부터 온다

사람은 누구나 자신만의 소울푸드를 가지고 있다. 아마도 삶에서 마지막 한 끼가 허락되는 순간이 있다면 그때 떠오르는 음식이 바로 소울푸드가 아닐까? 물론 몸과 마음이 아플 때 먹으면 힘이 나는 음식, 잊지 못할 추억이 담긴 음식도 소울푸드가 될 수 있겠다.

내게는 어릴 적 어머니가 해주신 갓 지은 냄비밥과 배추겉절이가 그렇다. 지금도 본가에 가면 어머니는 늘 막 지은 밥과 배추겉절이를 내어주신다. 어머니는 일주일에 배추겉절이를 두세 번은 하실 정도로 요리를 좋아하셨다. 그 외에도 김치와 돼지고기를 넣어 자박하게 끓인 김치찌개는 어머니의 손맛이 아니고서는 맛볼 수 없는 나만의 소중한 소울푸드다.

대통령의 소울푸드도 다르지 않다. 세상에서 가장 진귀한 산해 진미를 드실 수 있는 분들이지만 다섯 분의 소울푸드는 모두 소박하기 그지없는 음식들이었다. 어릴 적 어머니가 해주시던 매일 먹어도 질리지 않는 일상의 맛들 말이다. 김대중 대통령은 유달리 생선찌개를 좋아하셨고, 노무현 대통령은 별미로 모내기국수를 즐기셨다. 박근혜 대통령은 나물 반찬을, 문재인 대통령은 국밥을 선호하셨다.

그중 이명박 대통령의 소울푸드는 누가 뭐래도 단연 '돌솥간장비빔밥'이다. 특별할 것은 없다. 뜨거운 쌀밥에 날계란과 간장, 참기름을 넣고 비비는 것이 조리의 전부이다. 기운이 없으실 때마다 김윤옥 여사에게 이 음식을 특별히 부탁하셨는데, 청와대에 들어오신 후에도 몸이 좋지 않으실 때면 찾으셨다.

"나한테는 이 음식이 입맛 없을 때 가장 먹고 싶은 음식입니다."

이 대통령이 직접 말씀하셨을 정도이니 당신만의 보양식이자 소울푸드라 해도 과언이 아닐 것이다. 많을 때는 일주일에 두 번 이상 해드린 적도 있었다.

이 대통령이 보낸 유년 시절에는 갓 지은 쌀밥에 날계란을 넣고 마가린과 간장을 비벼 먹는 것이 큰 호사였다. 지금이야 흔하디흔

한 재료이지만 당시만 해도 귀했기 때문에 서민 가정에서는 가끔 아버지 상에만 올랐다. 가난한 유년기를 보냈던 이명박 대통령에게 간장비빔밥은 더없는 별식이었으리라. 그 기억을 떠올리며 드실 음식이기에 간단한 메뉴라도 더욱 정성을 담아 만들어드렸다. 이때 갓 지은 밥을 드실 수 있도록 1인용 돌솥냄비를 따로 준비했다. 그리고 가장 맛있게 드실 수 있는 시간을 최대한 정확하게 맞춘다. 대통령이 관저로 향하는 시간을 전달받은 직후부터 10분 정도의 간격을 두고 여러 개의 돌솥밥을 순차적으로 화구에 올리는 것이다. 그 옛날 어머니가 해주셨던 맛과는 아무래도 같을 수 없겠지만 그래도 고슬고슬한 간장비빔밥의 추억을 맛 보여드리고 싶었다.

6·25 전쟁 때 누나와 동생을 잃은 이 대통령은 남은 가족들과 단칸방 생활을 하며 하루 두 끼를 술지게미로 때웠다고 한다. 술지게미는 옛날식으로 탁주를 빚을 때 남는 찌꺼기를 일컫는다. 어머니와 함께 시장에서 뻥튀기와 김밥을 팔며 학업을 이어가다가, 중학교 때 영양실조로 넉 달간 일어나지 못해 휴학한 적도 있었다. 그렇게 어렵게 자라오신 터라 음식 남기는 것을 굉장히 싫어하셔서 늘 조금만 달라고 청하셨다. 그리고 이명박 대통령이 유일하게 잘 먹지 않는 음식이 잡곡밥이었다. 배고픈 어린 시절을 경험한 탓인지 쌀밥에 대한 애착이 유독 강하셨던 것 같다.

평소 한식을 선호하신 이 대통령은 각종 행사나 참모들과의 식사 자리에서는 바비큐를 즐기셨다. 다만 이명박 대통령의 첫 끼는 노무현 대통령과 마찬가지로 중식이었다. 보통 취임식을 마치면 친인척이 청와대에 들어와 함께 밥을 먹는데 그때 급하게 준비하기에 중식만 한 것이 없었다. 한식은 준비할 것도 많고 조리시간도 길어 단시간에 준비하기는 힘들다. 양식은 행사의 성격과 격식에 맞지 않기 때문에 결국 가장 빨리할 수 있는 중식이 대통령의 첫 끼가 되는 것이다. 당시 이명박 대통령도 대식당에서 친지들과 첫 끼로 중식을 드셨는데 그때 메뉴는 냉채, 게살수프, 칠리새우, 팔보채, 피망소고기와 꽃빵 등이었다.

새로운 대통령의 첫 끼를 준비할 때는 주방 안에 긴장감이 팽팽하게 감돈다. 청와대에서 계속 남아 일할 수 있을지 나가야 할지 모르는 상황에서 첫 번째 평가를 받는 자리이기 때문이다. 그때의 마음가짐은 남다르다. 물론 사전에 선호하는 식재료나 음식 간에 대한 기본 정보는 제공받아 숙지하고 있지만, 실제로 내가 만든 음식이 어떤 평가를 받을지는 아무도 모른다. 오로지 나만의 감과 스타일로 메뉴 하나하나를 만들면서 음식이 제시간에 차례로 나갈 수 있도록 최대한 요리에 집중할 뿐이다.

"고생하셨습니다. 짧은 시간에 많은 음식을 잘 만들어주셨어요. 친지분들도 모두 맛있게 드셨습니다. 감사합니다."

부속실 직원들로부터 잘 드셨다는 피드백을 받자 잔뜩 긴장해 있던 몸과 마음이 스르르 풀렸다. 요리사들에게 맛있게 잘 먹었다는 인사를 받을 때만큼 값진 보상은 없었다.

이명박 대통령은 역대 대통령 중에서도 기상시간이 가장 빨랐다. 매일 새벽 5시에 일어나 머리 손질을 마치고 어김없이 7시 30분에 아침식사를 하셨다. 하루 일정의 시작도 그만큼 빨랐고 늘 바삐 손과 발을 움직이셨다. 현대건설 시절 정주영 회장의 눈에 띄어 초고속 승진을 하고 서른다섯에 사장 자리에 올랐으니 얼마나 부지런하셨을지 짐작이 가고도 남는다. 비서관들도 이 대통령은 일중독에 가까울 정도로 많은 일을 소화하신다고 혀를 내둘렀다. 아마도 회사를 경영하는 마인드로 일하셨던 것 같다. 퇴임 직전에도 가장 바쁜 대통령이었다. 임기를 마무리하고 청와대 정문을 나서기 전까지도 외국 귀빈을 접견하고 현충원을 참배하는 등 평소와 다름없는 하루를 보내셨다.

우리는 대통령의 동선을 가장 가까이서 전달받기 때문에 얼마나 부지런하게 여기저기 다니시는지 잘 알고 있다. 다만 대통령을 모시는 사람 입장에서는 그만큼 해야 할 일도 많아진다. 관저, 집무실, 상춘재, 벙커 등 청와대 곳곳을 누비며 일하셨기에 상대적으로 우리 요리사들도 숨 돌릴 틈 없이 바빴다. 천안함 피격 사건과 북한 미사일 문제가 터졌을 때는 급히 벙커 회의를 주재하셔서 샌드위치와 양송이수프 20인분을 들고 내려간 적도 있었다.

이 대통령은 일주일에 두 번은 꼭 테니스를 치셨는데 운동이 끝나면 함께 온 일행과 간식을 드셨다. 그래서 우리가 삼청동 테니스장이나 실내 테니스장으로 간식을 준비해가기도 했다. 식사는 주로 삼청동의 유명 팥죽과 효자동 인근 치킨집을 이용했다. 그리고 간혹 김윤옥 여사의 레시피로 만든 닭강정을 만들어가기도 했다.

이 대통령이 자주 찾던 식당 음식도 안동국수, 순두부찌개, 메밀묵무침 같은 것이었다. 지극히 무난하고 한국적인 입맛에 가까웠다. 그래서인지도 모르겠다. 청와대에서 생활하실 때도 평범한 한식 메뉴를 선호하셨다.

나는 지금도 막 지은 밥에 간장, 계란 그리고 참기름을 넣어 비벼 먹을 때면 이명박 대통령이 떠오른다.

'이 대통령님, 요즘도 돌솥간장비빔밥을 즐겨 드십니까?'

밥 짓는 영부인

이명박 대통령 재임 당시 매체에 소개된 김윤옥 여사의 사진을 보면 유독 앞치마 입은 모습이 자주 등장한다. 실제로 김윤옥 여사는 역대 영부인 중 가장 요리 솜씨가 좋았고 한식에도 지대한 관심을 가지고 있었다.

김윤옥 여사는 한 달에 한 번 청와대 상춘재에서 지인들과 함께 쿠킹 클래스를 열었다. 이들 중 한 사람이 요리 선생이었고, 우리는 보조 업무를 위해 참석했었다. 요리 클래스가 있는 날에는 수업 때 만든 음식으로 대통령 내외분의 식사를 대체하기도 했다. 리스트에는 한식과 중식을 비롯해 다양한 음식들이 포함되어 있었다. 이때 그 유명한 '논현동 닭강정'의 레시피를 알게 되었는데 실제로 주방에서 요리사들이 최고의 레시피라고 인정할 만큼 맛이 좋았다. 닭강정은 여사님이 평소 손주들에게 자주 해주시는 메뉴로 이명박 대통령도 좋아하셨다.

닭강정 외에 등심바싹불고기도 여사님의 특별한 메뉴였는데 그 레시피도 여전히 잘 간직하고 있다. 이 두 가지 메뉴는 박근혜 대통령과 문재인 대통령 때도 메뉴에 포함시켰는데 두 분 모두 반응이 긍정적이었다.

이외에도 김윤옥 여사는 자신만의 다양한 한식 조리법을 가지고 있었다. 청와대에 들어오시기 전에도 가정부가 주방 일을 도맡아 하긴 했지만 음식만큼은 본인이 주도적으로 메뉴 선정과 조리법에 관여했다고 들었다.

지인들이 오면 자주 청하신 감자전과 부추전도 조금 색다르게 만드는 법을 알려주셨다. 감자전은 강판에 갈아 만드는 대신 아주 얇게 채 썬 후 튀김가루를 조금 넣어 바삭하게 부치는 걸 좋아하셨다. 부추전도 부침가루에 튀김가루 혹은 박력분을 섞어 반죽한 후, 부추에 살짝 묻히는 정도로만 만드는 방식을 선호하셨다. 그리고 부추전에는 꼭 빼놓지 않고 청양고추가 들어갔다.

김윤옥 여사는 떡볶이도 좋아하셨다. 재래시장을 방문해 장사하는 아주머니들과 어울려 떡볶이를 먹기도 하고, 지역 아동센터를 찾아 그곳 어린이들에게 직접 만들어주기도 했다. 그중 궁중떡볶이가 특별히 맛있었던 것으로 기억한다. 그러다가 세계인들에게 알리겠다며 떡볶이 연구소까지 설립하려고 하셨다.

김윤옥 여사는 아주 낙천적이며 친화적인 성격의 소유자셨다. 역대 영부인 중 요리사들과 가장 자주 소통하셨고, 실제로 주방에 들어와 요리를 하신 적도 있었다.

다른 영부인들에 비해 내조 활동도 상당히 적극적이었는데 특히 한식의 우수성을 알리는 데 크게 집중하셨다. 실제로 김윤옥 여사로 인해 청와대가 주최하는 각종 만찬과 오찬 및 행사의 수준이 많이 달라졌다. 2009년 한·아세안 특별정상회의는 한식 세계화를 위한 여사님의 노력이 대외적으로 알려지는 첫 번째 자리이기도 했다.

김윤옥 여사는 이날의 정상만찬을 위해 한식 식단을 직접 짰다. 보통 국빈만찬은 호텔과 외교부, 의전팀이 주관하면서 중요사항을 조율하는데 이명박 대통령 재임기간에는 김윤옥 여사가 적극적으로 의견을 내고 진두지휘하셨다.

당시 만찬 메뉴는 코스요리로 나갔다. 백련초 물김치, 녹두죽, 제주산 전복, 수삼을 곁들인 소갈비구이, 메밀차 등으로 구성되었으며, 별도로 해산물코스와 채식주의자를 위한 채식코스도 함께 마련해놓았다. 이명박 대통령 재임 전에는 오찬과 만찬 메뉴가 이렇게 다양하게 마련되지 않았다. 잔칫상처럼 기본 음식들을 미리 테이블에 세팅해놓고, 전통 궁중음식 메뉴 등이 순서대로 추가되었다. 연근부각튀김 등의 주전부리를 시작으로 냉채, 잣죽, 소갈비구이 혹은 갈비찜, 신선로 등이 나가는 궁중음식을 고집했던 것이다.

하지만 김윤옥 여사는 한식 메뉴도 모던한식코스로 바꾸었으며, 국빈들의 취향을 반영해 일반코스, 해산물코스, 채식코스로 나누었다. 반찬도 미리 세팅하지 않고 밥과 국이 나갈 때 함께 내가는 것으로 조정했다. 정상오찬에서는 모듬 바비큐를 주요리로 죽순볶음, 쇠고기 찹쌀구이, 채소산적 고추장구이, 잔치국수 등을 곁들였다. 이때도 해산물모듬바비큐로 구성된 해산물코스가 따로 포함되었다.

이후 2010년 G20 정상회담 기간에도 오찬과 만찬 메뉴를 직접 골랐으며 데코레이션과 스토리텔링을 하는 데 적극적으로 의견을 내셨다. 한식이지만 양식과 퓨전으로 메뉴를 재구성하고 데코레이션도 현대적 감각으로 업그레이드시켰다. 당시 한우떡갈비에 태극 문양을 넣고 삼을 올려 양식처럼 스타일링한 것이 화제였다. 또한 양식처럼 각 요리마다 식자재 스토리를 만들어 메뉴판에 기재했다. G20을 계기로 시정된 사안들은 외교부에 전달되어 이후에도 쭉 이어졌다.

김윤옥 여사는 호텔에서 만든 음식이라도 모두 사전에 시식하고 담음새까지 디테일하게 점검해 청와대 셰프들과 의전팀에게 전달했다. 특히 국빈음식은 메시지를 담아야 한다고 강조했다. 그래서 주방에서는 궁중음식의 근간을 유지하되 해당 국빈이 즐기는 소스를 활용해 음식을 만들거나 기존의 담음새를 탈피한 스타일을 추구했다.

영부인은 한식의 세계화를 위해 다양한 사업을 추진하면서 요리책도 출간하셨다. 상춘재에서 관련 작업을 진행할 때는 우리 요리사들이 참여하기도 했다. 물론 투자금과 실질적인 성과를 두고 언론의 뭇매를 맞는 일도 있었다. 하지만 한 가지 분명한 것은, 역대 영부인 중 한식에 대한 관심이 누구보다 높았으며 손수 요리하는 모습을 보임으로써 요리사들에게 좋은 귀감이 되었다는 점이다.

몇 해 전에는 지인분들과 양재동에 있는 나의 식당에 찾아오셨다. '천상현의 천상'은 코로나 3단계 때 오픈했기 때문에 초기에는 어려움이 있었다. 마침 그 무렵 김윤옥 여사가 지인들과 함께 찾아와주신 것이다.

"잘 지내셨어요? 식당 열었다는 소식 듣고 걱정했습니다. 하필 코로나 때 오픈하셔서 많이 힘드시죠?"

"네, 여사님. 오랜만에 뵙습니다. 건강하시죠?"

"셰프님의 양장피와 칠리새우가 가끔 생각이 납니다."

여사님은 나를 지인들에게 일일이 소개해주시며 청와대 시절 즐겨 드셨던 메뉴를 권하기도 했다. 그날 이후 여사님은 두어 번 더 찾아오셨다. 그런데 하루는 튀김이 덜 튀겨졌다고 느껴지셨는지 "오늘은 칠리새우가 덜 바삭한대요? 셰프님이 직접 튀기신 게 아닌 것 같은데…" 하시며 웃으셨다. 하필 그날 손이 바빠 새우튀김만 다른 분께 맡겼는데 그걸 단박에 알아차리신 것이다. 그다음에 오셨을 때도 여사님은 똑같이 칠리새우를 주문하셨다. 그리고 그때는 "내가 아는 맛이 맞네요." 말씀하셨다.

청와대를 나온 후 나는 유명세를 타고 다수의 방송에 출연할 수 있었다. 그때 김윤옥 여사의 논현동 닭강정을 소개한 적이 있는데 시청자들의 반응이 참으로 뜨거웠다. 영부인의 요리 레시피를 국민들이 좋아해주니 한편으로 감회가 새로웠다. 혹시 다음에 또 기회가 있다면 궁중떡볶이 레시피도 소개하고 싶다.

바비큐를 할 때는
미국산 소고기로

2009년 개최되었던 한·아세안 특별 정상회담 때의 일이다. 제주도 서귀포에서 이명박 대통령이 앞치마를 두르고 직접 바비큐를 하던 모습이 여러 매체를 통해 보도되었다. 그때 이 대통령은 흰 장갑을 끼고 갈비와 표고, 전복과 새우를 꼬치에 끼워 손수 바비큐를 구우셨다.

이명박 대통령은 역대 대통령 중에 '바비큐 요리'를 가장 즐기셨다. 청와대 경내 자체 환경이 바비큐 파티를 하기에 좋았기 때문이다. 경호실 격려 행사에서부터 수석과 당 대표, 주요 당직자들 초대 행사까지, 많게는 80명에서 100명에 이르는 인원이 한자리에 모이기도 했다.

게다가 청와대의 바비큐 장비는 특별했다. 기존의 제품이 아닌 외부에서 별도 제작한 것으로 미군이 쓰던 큰 드럼통을 반으로 잘라 만들었다. 튼튼하게 만든 장비라서 바비큐 전용 장비 못지않게 편했다. 구울 때는 숯을 피워 돼지고기부터 소고기와 닭고기를 차례대로 익혔다. 특히 삼겹살은 기름이 떨어지면 위험하기 때문에 손잡이가 달린 두꺼운 철판을 사용했다. 이 바비큐 장비는 특별한 행사 때만 등장하는 것이 일반적이었다. 평소에는 관저 뒤뜰에서 작은 화로에 숯을 피워 고기와 장어, 전복을 비롯한 해산물을 준비해 구워드렸다.

저도로 여름휴가를 가셨을 때는 경호실 격려 차원에서 직원들과 함께 바비큐도 하셨다. 그때 한창 고기를 굽고 있었는데 어디서 노랫소리가 들려왔다. 누군가가 소리쳤다.

"주방에도 성악가가 있습니다!"

당시 요리사 중에 성악을 전공한 직원이 있었는데 그 사실을 경호처에서 알고 있었던 모양이다. 그래서 갑자기 고기를 굽다 말고 앞으로 나가 노래를 불러야 하는 상황이 벌어졌다. 한상훈 요리사는 잠깐 머뭇거리더니 '오 솔레미오'를 멋들어지게 불렀다. 박수 소리가 중간쯤에 터져 나왔다. 노래를 마친 후에는 이명박 대통령이 주신 맥주를 단숨에 들이켰다. 요리사 가운데 유일하게 대통령이 주는 '어주御酒'를 받은 셈이었다.

그런데 아이러니하게도 이명박 대통령은 바비큐 행사와 관련된 일로 여러 차례 곤혹을 치르셨다. 한번은 대통령 당선 직후 자신을 도운 전직 언론인 출신들을 삼청동 안가에 초대해 비공식 만찬을 연 적이 있었다. 안가의 야외 테니스 코트에서 고기에 소주를 곁들인 작은 바비큐 파티를 열었는데, 하필 당시 전국에서 광우병 대책을 호소하던 때라 이 사실이 세간에 알려지며 크게 된서리를 맞았다.

이는 재임기간 때 겪은 시련 중의 하나인 미국산 소고기 수입 문제와도 밀접한 연관이 있다. 지금은 아무도 신경 쓰지 않고 미국산 소고기를 먹고 있지만, 당시 광우병 파동은 온 나라를 혼돈으로 몰고 갈 만큼 큰 사건이었다. 일각에서 정권 퇴진을 바라는 운동이 벌어졌고, 대규모 시위가 열리기도 했다.

이 무렵 청와대에서는 한우 대신 미국산 소고기를 메뉴로 선택했는데 광우병 파동으로부터 국민들을 안심시키려는 의도였다. 바비큐 파티를 할 때도 대통령의 지시에 따라 대부분 미국산 소고기를 사용했다. 2008년 8월 방한한 조지 부시 대통령의 만찬 메뉴로 미국산 소고기와 한우 갈비구이가 함께 준비되었고, 2009년 상춘재에서 열린 버락 오바마 대통령의 오찬행사 때도 미국산 소고기 숯불구이와 한우 불고기가 상에 올랐다.

당시 미국 대사관을 통해 오바마 대통령 입맛에 맞는 소고기 부위와 기호식품, 기피음식 등을 전달받았다. 외국 대통령과의 만찬은 주로 청와대 주방이 아닌 호텔 케이터링으로 진행하는데 내부 요리사들이 점검사항을 확인하고 의견이 있으면 따로 전달하는 식이다.

이를 위해 의전 담당 부서에서는 긴밀한 커뮤니케이션을 통해 치밀하게 메뉴를 준비했다. 두 미국 대통령이 바비큐를 좋아한다는 사전정보를 입수했기에 거의 만장일치로 소고기 숯불구이가 최종 메뉴 후보에 올랐다. 미국산 소고기 수입에 관한 논란이 컸기 때문에 양 국가의 소고기를 함께 메뉴에 올리는 것은 상징적인 의미가 있었다.

광우병 사태 때 이명박 대통령은 관저 옆으로 올라가 혼자 차를 마시곤 했다. 그곳에는 두꺼운 비닐로 만들어놓은 간이 공간이 있었는데 테이블이 놓여 있어서 차를 마시기에 적합했다. 그곳에 앉아 있으면 광화문 시위가 한눈에 내려다보인다. 당시 대통령의 심정이 어떠했을지 짐작이 가고도 남는다. 대통령을 모시는 사람으로서 국정이 혼란스러운 시기에는 음식을 만들 때도 부담이 크다. 눈치도 보이고 여러모로 신경이 쓰인다.

그때 이명박 대통령 내외를 20년 넘게 모신 가정부 아주머니가 많은 조언을 해주셨다. 평소에도 주방에서 우리와 함께 반찬을 만들며 영부인과 소통한 내용을 전달해주시는 분으로 대통령의 심기가 불편하실 때는 어떤 음식으로 모시는 게 좋을지 구체적으로 알려주었다. 당시에는 이 대통령이 평소 좋아하는 음식 중에 소화가 잘되는 음식을 메뉴로 올렸다. 마즙도 거의 매일 만들었다.

시간이 흘러 어느덧 이명박 대통령이 퇴임 후에도 측근 인사들과 식당에서 미국산 소고기로 송년만찬을 했다는 기사를 보았다. 그때 주방에서 요리사들끼리 "미국산 소고기는 말만 들어도 신물이 나실 텐데…"라며 씁쓸한 웃음을 지었다. 이 대통령의 바비큐 사랑이 지금도 여전하신지 궁금하다.

스위스 기차와
얼갈이된장국

청와대 요리사들은 대통령의 해외 순방길에도 동행한다. 달리 말하면 대통령의 최측근이라 할 수 있는 보좌관만큼이나 함께하는 시간이 많다는 뜻도 된다. 여기서 대통령의 해외 순방은 국빈 방문에서 사적 방문까지 그 급이 나뉘는데, 보통 재임기간 5년 동안 20회에서 많게는 40회 이상 순방길에 오른다. 횟수로만 보면 김대중 대통령이 가장 적게 나가셨고, 이명박 대통령은 총 84개국을 49차례나 가셨다. 이명박 대통령은 일에 몰두하는 스타일인만큼 취임 첫해 가장 많은 해외 순방을 기록한 대통령이기도 했다.

그러다 보니 당연히 요리사들의 순방길 동행도 이명박 대통령 때 가장 많았다. 가장 긴 순방 일정은 5~16일, 일반적으로는 5, 6일 정도가 기본이었다. 대통령의 해외 순방길에는 해당 국가별로 메뉴를 짠 후 거의 모든 음식을 사전에 조리해 급속냉동시킨 상태로 가져간다. 보통 여름휴가 때는 휴양지에서 현지 식재료를 활용해 직접 음식을 만든다. 하지만 해외 순방 때는 조리할 수 있는 주방 구조나 여건이 국가마다 다르고, 식재료 조달과 안전성 문제로 대부분 밀키트처럼 음식을 준비해간다.

김치콩나물국, 나물반찬, 갈치조림, 소갈비 등등 놀랍게도 이렇게 준비해간 음식들은 해동을 시켜도 맛의 변화가 거의 없다. 단 중식은 재료만 준비해가서 현지 주방에서 직접 만든다. 주로 해산물볶음요리와 생선찜, 게살수프와 짬뽕 등이 포함되어 있다. 순방 일정 중 한두 끼 정도는 꼭 중식을 해드렸는데 같은 맛이라도 해외에서 드시니 더 좋아하셨다.

이렇게 준비한 음식들은 항공사 자체 컨테이너에 보관해놓고 있다가 순방 일정에 맞춰 나라마다 각각 순차적으로 배달받는다. 음식을 데울 냄비나 식기들은 현지에 있는 한국대사관의 것을 사용하는데, 대사관마다 20~30인분의 행사를 진행할 수 있는 기물들이 구비되어 있다. 단, 은으로 만든 수저와 젓가락은 청와대에서 평소 대통령 내외분이 사용하시는 것으로 가져간다. 특히 대통령의 해외 순방 때는 내외분이 묵는 호텔 주방을 따로 섭외한다. 대사관에서 미리 필요한 것들을 호텔과 논의해 세팅해놓는데, 주방 일부만 사용하다 보니 아무래도 조리 여건이 좋지는 않다. 그런데 여기서 흥미로운 점이 있다. 대부분의 국가에서는 호텔 주방을 무상으로 제공해주는데 유독 뉴욕에서만 별도의 사용료를 요구한다는 점이다.

대통령의 임기 동안 수십 개국의 순방 길에 동행하는 요리사들이 겪는 에피소드도 다양하다. 이명박 대통령이 2010년 스위스 다보스포럼에 갔을 때의 일이다. 행사 참석 후 촉박한 일정 탓에 급히 다음 목적지로 이동해야 하는 상황이었다. 그 때문에 대통령 내외분이 점심을 기차 안에서 드셔야 했다. 물론 기차 안에는 별도의 주방 시설이 없었다. 하지만 기차 두 량 전체를 우리가 빌리고 있었기에 마음만 먹는다면 얼마든지 음식 준비가 가능했다.

사전에 준비한 식기와 가스버너, 냉동제품을 가지고 기차에 탑승했다. 안에서 음식을 데울 수는 있지만 만들 수는 없기에 즉석밥을 사용했는데 보통 순방길에는 5인용 밥솥을 가지고 다니며 끼니마다 밥을 짓는다. 간혹 불가피한 상황에서만 이렇게 햇반을 데워드리기도 했다. 한식에 대한 향수 때문인지 대부분의 대통령은 해외에서 쌀밥을 드실 때 즉석밥과 갓 지은 밥의 차이를 거의 못 느끼셨다.

때마침 당시에 기차 안 메뉴는 갈치조림과 얼갈이된장국이었다. 비서진과 요리사들만 타는 기차 칸에서 가스버너에 음식을 데

운 후 트레이에 1인분씩 세팅해 두 분께 내어드렸다. 과연 창밖으로 스위스의 절경을 바라보며 드신 얼갈이된장국의 맛은 어떠셨을까. 다행히도 맛있게 잘 드셨다는 피드백에 겨우 안도할 수 있었다.

기억에 남는 또 하나의 순방길이 있다. 호텔에서 다음 행선지로 이동하기 위해 준비할 때의 일이다. 보통은 대통령 내외분이 식사를 마친 후 식기를 비롯한 짐을 정리할 시간이 주어진다. 그런데 이때는 일정이 급박해서 대통령이 드신 식기조차 제대로 정리할 시간이 없었다. 식사가 끝나자마자 바로 출발해야 하는 상황이었다. 대통령이 차량에 탑승하면 수행원들이 타는 차도 곧바로 움직인다.

"15분 내로 차량에 탑승하세요, 대통령님이 곧 출발하십니다."

검식관이 무전을 통해 상황을 알려주자마자 주방 팀은 그야말로 난리가 났다. 음식물도 버리고 식기도 닦고 짐도 싸야 하는데 이렇게 아무 준비 없이 바로 차에 오르라니…. 호텔 주방에서 사용한 기물과 남은 식재료, 개인 짐을 제대로 정리할 시간조차 없었다.

대통령이 사용하는 식기와 각종 비품은 별도의 캐리어에 담아 이동하지만 식재료와 현지 물품 등은 스티로폼 박스와 장바구니에 넣어 보따리처럼 바리바리 들고 이동해야만 했다. 명색이 대통령의 요리사인데 피난 가는 사람들이 따로 없었다. 한 손에는 트

렁크, 어깨에는 장바구니를 들고, 옆구리에 스티로폼 박스까지 끼운 채 부리나케 호텔 로비를 가로질러 뛰어갔다. 그 순간에는 창피하다는 생각도 들지 않았다.

그렇게 정신없이 차량에 탑승하는 데까지 딱 15분이 걸렸다. 차 안에서 우리는 서로를 쳐다보며 웃었다. 양복 차림으로 뛰어다닌 꼴을 생각하니 처량하다는 생각도 잠시 그 짧은 시간에 임무를 해 낸 자신들이 놀라웠기 때문이다.

김대중 대통령의 해외 순방 때도 잊지 못할 일화가 있었다. 비행기 안에서 대통령이 준비되지 않은 메뉴를 찾으신 것이다. 그때는 문문술 운영관이 동행했는데 갑자기 냉면을 찾으셨다고 한다. 당연히 비행기 안에서 우려낸 고기육수가 있을 리 만무했다. 하지만 문문술 운영관은 오랜 경험으로 순간적인 기지를 발휘했다. 일단 기내 냉장고에 있던 스테이크를 삶아서 고기 육수를 만들고 거기다 동치미 육수를 섞기로 한 것이다. 다행히 급조한 아이디어대로 스테이크 삶은 물에 동치미 국물을 섞어보니 꽤 괜찮은 육수가 완성되었다.

그렇게 우여곡절 끝에 무사히 냉면을 만들어드렸다. 김 대통령께서는 환하게 웃으며 좋아하셨다고 한다. 그 순간에는 또 힘든 것도 잊고 보람을 느꼈으리라. 나중에 우리는 그 이야기를 전해 듣고 이구동성으로 대단하다고 외쳤다.

참고로 대통령은 5년 임기 내에 꼭 한 번은 아프리카 순방길에 오른다. 이때는 음식은 물론이거니와 식수 문제를 고려해 조리용 물과 마실 물까지 준비해간다. 또한 검식관들의 역할이 어느 때보다도 막중하다. 특히 대통령이 드실 모든 음식이 비행기에 실리기 전에 미리 시식하고 검사까지 완료해놓는다. 전날 검사를 끝마친 음식들은 성남공항으로 전달되는데 순방국마다 검식관들의 임무가 달라지고 담당자들이 교체된다.

반면에 요리사들은 순방 일정 중간에 교체되지 않고 끝까지 동행한다. 그러다 보니 세계 여러 나라를 경험하게 되는데 나의 경우 50여 개국을 방문했었다. 물론 개인 일정이 없기 때문에 관광은 할 수 없다. 하지만 대통령께서 국빈만찬에 초대받으시거나 현지 음식을 드시러 나가실 때면 잠깐의 짬이 생긴다.

오바마 대통령이 베트남에 방문했을 때 유명 셰프가 운영하는 하노이 식당에서 3천 원짜리 쌀국수를 먹는 모습이 담긴 사진을 한 번쯤 본 적 있을 것이다. 이렇게 대사관에서 미리 식당을 섭외해놓으면 내외분이 직접 방문하시기도 한다. 이명박 대통령은 우즈베키스탄에서 말고기를 드시러 나가셨고, 유럽에서는 흔한 피자집을 방문하신 적도 있었다.

그럴 때는 요리사들도 호텔에서 도보 10분 거리에 있는 관광지에서 잠깐의 여유를 즐긴다. 노무현 대통령의 이탈리아 순방 때는 잠깐 호텔 근처에 나갔다가 식겁했던 일도 있었다. 딸 아이의 선물을 사고 돌아오는데 그만 길을 잃어 식사 준비 시간이 임박했던 것이다. 택시를 잡아타고 주소까지 건넸지만 기사가 호텔을 찾지 못하자, 다시 도중에 내려 걸은 끝에 다행히 대통령 차량을 발견하고 무사히 돌아올 수 있었다.

그중에서도 가장 인상적이었던 순방국은 박근혜 대통령 때 방문한 케냐였다. 대평원처럼 펼쳐진 공항 활주로에 기린이 뛰어다니고 있어 마치 국립공원 안에 비행기가 착륙하는 느낌이었다. 게다가 생애 처음이자 마지막 아프리카일 수도 있다는 생각에 눈에 보이는 모든 풍경이 뇌리에 깊숙이 아로새겨졌다.

두 번째로 기억에 남는 국가는 사우디아라비아다. 이때는 호텔이 아니라 궁에서 지냈다. 덴마크, 우즈베키스탄, 모스크바를 방문했을 때도 마찬가지였다. 그중에서도 사우디아라비아의 궁전은 욕실 수전이 모두 금으로 입혀져 있을 정도로 화려했다. 단독 주방은 규모가 얼마나 으리으리한지 한동안 꿈인지 생시인지 적응이 안 될 정도였다.

전 세계 국가를 다니다 보면 그 나라 국빈만찬의 독특한 문화도 체험할 수 있다. 가령 덴마크를 비롯한 유럽 국가에서는 국빈만찬용 기물이 깨지거나 금이 가도 그대로 사용한다. 깜짝 놀라서 이유를 물어보니 100년도 넘은 기물들은 미세한 손상이 있더라도 버리지 않는 것이 그들의 전통이라고 했다. 우리나라에서는 예로부터 깨진 그릇에 밥을 먹으면 복이 나간다고 해서 절대 사용하지 않는다. 하물며 한 나라의 근간이 되는 청와대에서는 감히 상상도 못 할 일이다.

해외 순방길에서 대통령을 모시는 일은 이처럼 언제나 웃지 못할 에피소드를 낳는 법이다. 그때 당시에는 참으로 고단하고 힘들었지만 돌이켜보니 평생 다시 경험할 수 없는 귀한 시간이었다. 언제 우리가 스위스 기차 안에서 얼갈이된장국을 끓이고, 대통령이 유학했던 프랑스 시골 마을에서 커피 한잔을 마셔보겠는가.

대통령의 인생을 닮은
단골식당

대통령을 모시는 요리사들의 고민은 가족의 식사를 챙기는 주부들과 별반 다를 바 없다. 하루 세끼 무슨 국과 반찬을 내어놓을지 근심 걱정이 끊이질 않으니 말이다. 한 사람을 5년 동안 모시는 일도 마찬가지다. 물론 매달 고민하며 제철 식재료를 찾아 별미를 만들어드리지만, 대부분 임기 2년 차로 접어들면 메뉴가 반복되어 식상해하신다. 그럴 때면 누가 말하지 않아도 자연스럽게 변화가 필요한 순간이라는 느낌을 받는다. 그래서 우리는 끊임없이 새로운 식재료와 메뉴를 찾기 위해 동서남북으로 고군분투하며 애쓴다.

일단 임기 2년 차가 되면 국정 현황을 비롯한 복잡한 일들이 훨씬 많아지고, 해를 거듭할수록 그에 따라 식사량도 점차 줄어든다. 당연히 운영관과 요리사들의 고민도 한시름 깊어지는데 이럴 때는 청와대 식단은 제쳐두고 대통령의 단골식당에서 음식을 사오기도 한다.

대통령이 된 후에는 여러 가지 이유로 추억의 맛집을 편하게 찾아갈 수 없다. 그래서 가끔은 단골식당들의 힘을 빌려 분위기를 바꾸기도 한다. 이때 해당 식당에는 대통령이 드실 음식이라고 말하지 않는다. 일반적인 방식으로 주문한 후 장을 볼 때 쓰는 차로 직접 픽업한다. 보통은 5, 6인분을 사 와서 대통령이 드시기 1, 2시간 전에 검식관이 미리 점검한다.

이명박 대통령은 현대건설에서 오랫동안 근무하셨다. 그 때문에 단골식당이 계동 사옥 근처에 많다. 그중에서도 안동국시집 '소람'과 전복전문점 '야우'가 대표적이다. 필요할 때면 진한 양지머리 육수로 맛을 낸 안동국시와 녹진한 내장으로 끓인 전복죽을 주문했다. 그곳 음식뿐만이 아니다. 내외분 모두가 좋아하시는 피자가게 '디마떼오', 창신동의 매운족발집, 한남동에 위치한 냉면집에서 평범한 음식을 사 오기도 했다.

김대중 대통령의 오랜 단골식당인 을지로 '양미옥'은 매스컴에서도 자주 다루었다. 이 식당은 김 대통령이 재임 전 일주일에 한

두 번은 찾아가 혼자 양구이 2인분에 비빔냉면까지 드실 정도로 사랑했던 곳이다.

김 대통령은 신선한 양과 대창을 약간 매운 듯 달착지근하게 양념해 구워낸 맛을 참 좋아하셨다. 입맛이 없으실 때는 이희호 여사의 요청으로 양미옥에서 양과 대창을 생물 그대로 공수해와 청와대 주방 뒤뜰에서 구워드렸다. 워낙 고단백질에 소화가 잘되는 음식이라 김 대통령의 주치의도 권한 음식이었다.

양미옥은 두 분의 결혼 43주년을 기념해 찾은 식당이자 김 대통령이 병원이 입원하시기 전 찾은 '마지막 외식집'이기도 했다. 나중에 알게 된 사실이지만 양미옥이 분점을 낼 때 두 분이 직접 동양난을 보내 축하하기도 하셨다. 두 분에게는 맛집 그 이상의 추억이 깃든 음식점이었던 것이다.

노무현 대통령의 단골식당은 앞서 언급했듯이 누가 뭐래도 단연 토속촌이다. 아마 역대 대통령의 맛집 중 가장 대중들에게 많이 알려진 곳이 아닐까. 하지만 아이러니하게도 노 대통령이 즐겨 찾았다는 이유만으로 한때 세무조사를 받으며 곤혹을 치르기도 했다.

문재인 대통령의 단골식당은 여의도에 많이 분포되어 있다. 대표적으로 여의도 '해우리' 등을 들 수 있다. 문 대통령은 특히 국밥과 매운탕 같은 한식을 좋아하셨다. 그래서 항상 부산에 가면 돼지국밥을 즐겨 드셨다.

박근혜 대통령의 단골식당은 거의 알려져 있지 않다. 외부 음식을 즐기지 않으셨기 때문이다. 다만 가끔 급히 찾으시는 음식들이 있었는데 그중 하나가 양곰탕이다. 스스로 컨디션이 안 좋다고 느낄 때면 양곰탕을 찾으셨는데, 그럴 때마다 양미옥에서 공수해오곤 했다. 이는 김대중 대통령 때도 마찬가지였다. 마땅히 인증받은 식당이 많지 않았기 때문에 급할 때는 단골식당 몇 군데를 활용했다.

박 대통령은 아버지 박정희 대통령이 즐기신 '하동관'의 곰탕도 좋아하셨다. 그 외에 '봉피양'의 돼지갈비도 곧잘 드셨다. 간식은 별로 좋아하지 않으셨지만 가끔 공갈빵과 하겐다즈 아이스크림은 찾으셨다. 그래서 한번은 이영선 비서관이 인천에서 맛있는 공갈빵을 사다 드린 적도 있었다.

대통령의 단골식당은 이처럼 특별하고 값비싼 음식을 팔거나 대단히 격식 있는 곳들이 아니다. 대부분이 지극히 서민적이다. 국밥과 삼계탕, 물회와 막회 그리고 족발과 양대창구이까지 한국인이면 누구나 즐기는 음식들을 특유의 노하우와 레시피로 우직하게 만들어내는 곳들이다. 대통령이 찾는 맛집이기 전에 이미 많은 사람이 인정한 식당이기도 했다.

결국 누구에게나 그렇듯 단골식당은 인생의 희로애락을 맛본 공간이다. 국가원수에게도 마찬가지가 아니었을까. 그곳에서는

국민들과 똑같은 한 사람의 손님이었고, 인생의 고비마다 위로가
되어준 고마운 추억의 장소였을 것이다.

돌솥간장비빔밥

🍲 **재료(1인분)**

물 120ml
쌀 120g
달걀노른자 1개
간장 3큰술
참기름 1큰술

🍴 **만드는 방법**

1 쌀을 깨끗이 씻어 2시간 정도 불려놓는다.

2 돌솥에 불린 쌀과 물을 1:1로 넣고 중불로 10분 정도 끓인 다음, 거품이 올라오면 한두 번 저어 약불에서 5~10분간 뜸을 들인다.

3 완성된 밥 위에 달걀노른자를 올리고, 간장과 참기름과 함께 비벼 먹는다.

논현동닭강정

🍲 재료(3~4인분)

식용유 1800ml
닭날개 1팩(300g)
닭봉 1팩(300g)
대파 1개
깐마늘 15개
건고추 5개
청량고추 5개
감자전분 300g
후추 1티스푼

🧂 양념

식용유 50ml
진간장 90ml
설탕 50g
물엿 150ml
청주 150ml

☕ 만드는 방법

1 칼집을 낸 닭고기를 청주에 담근 다음, 후추를 뿌려 20분가량 재워둔다.

2 대파, 건고추, 깐마늘, 청양고추를 적당한 크기로 썰어놓는다.

3 식용유를 두른 냄비에 2의 재료를 볶다가 양념을 순서대로 넣고 끓기 시작하면 약불에서 15~20분간 졸인다.

4 1의 닭을 체에 건진 뒤 감자전분을 묻혀 봉지에 담고, 냉동고에 30분 두었다가 기름에 튀긴다.

5 튀긴 닭을 꺼내 툭툭 털어내고, 식혔다가 다시 한 번 기름에 튀긴다.

6 준비해놓은 양념에 버무려 접시에 담아낸다.

"

이 귀한 걸 어디서 구하셨어요?
참 고맙게 잘 먹었습니다.

"

4장

돌아올 길을 묻지 말고
오직 가야 할 길을 걷다

박근혜 대통령

(2013~2017)

대통령의 말 못 할
혼밥 사정

"앞으로 잘 부탁드립니다."

박근혜 대통령은 관저 입구에 일렬로 기립한 청와대 직원들에게 환하게 인사를 건넸다. 별도의 이취임식 행사 없이 청와대에 입성하신 그날, 주방 팀 식구들도 모두 나가 신임 대통령을 맞았다. 원래는 퇴임 때만 직원들이 나가서 인사를 드리는데 그날은 부속실로부터 전원 나오라는 연락을 받았다.

박근혜 대통령이 탄 전용차가 관저 입구인 인수문을 통해 도착하는 것을 지켜보고 있자니 감회가 새로웠다. 청와대 요리사로서 네 분의 대통령을 연이어 모시게 되었다는 영광에 설레기도 하고,

한편으로는 막중한 책임감에 처음 이곳에 왔을 때처럼 긴장되기도 했다. 박 대통령의 첫인상에서는 카리스마가 느껴졌다. 환하게 웃고 있었지만 근엄함이 깃들어 있었고 꼿꼿함이 남다른 기운을 자아냈다.

그런데 홀로 청와대에 들어오신 박 대통령에게 관저는 너무나도 컸다. 1991년 건립된 청와대 관저는 지상 2층과 지하 1층으로 구성되어 있는데 그중 대통령이 가족과 쓰는 내실은 무려 200평 정도에 이른다. 집무실 규모가 51평에 침실만 20평 정도니까 그것만 해도 굉장히 큰 편이다.

노무현 대통령은 처음 집무실에 들어서서 "적막강산에 홀로 있는 느낌이다"라고 했고, 이명박 대통령은 "테니스를 쳐도 되겠다"며 농담까지 하셨다고 들었다. 그만큼 물리적으로도 크고 텅 빈 공간이기 때문에 박근혜 대통령도 내심 부담스러웠을 것이다.

박 대통령은 결국 기존의 침실 공간이 휑하고 한기가 느껴진다는 이유로 쓰지 않았다. 대신 그 옆에 있는 작은 방을 침실로 꾸며 사용했다. 그래서 바로 청와대 관저에 들어오지 않고 내부 수리를 하는 동안 삼청동 안가에 몇 주 더 머물렀다. 일반적으로 대통령은 임명을 받자마자 관저에 들어오기 때문에 내부 도배나 수리는 첫 해외 순방을 나가는 동안 영부인의 피드백을 받아 진행하는 것이 관례다. 하지만 박 대통령만 예외적으로 수리를 먼저 하고 들어오셨다.

관저에는 6~8명의 인원이 식사하는 가족식당과 외부 손님이 왔을 때 사용하는 대식당이 있다. 늘 혼자 식사하시는 박 대통령에게는 가족식당도 클 수밖에 없었다. 그래서 침실에서 식사하는 날이 많았다. 흔히들 박근혜 대통령을 '혼밥하는 대통령'이라고 부른다. 이는 박정희 대통령마저 돌아가신 후 혼자 밥 먹는 세월이 근 20년은 되다 보니 생긴 습관 탓도 있지 않았을까 싶다.

여름휴가도 다른 대통령들처럼 때마다 가지 않고 주로 청와대 경내에서 보내는 휴가를 선호하셨다. 북한의 미사일 위협 등의 안보 위기와 정국 상황을 고려해 3년 연속 청와대에서 휴가를 보내셨던 것이다. 다만 2013년 임기 첫 휴가 때 처음으로 저도를 찾으셨다. 당시 한적한 바닷가 모래 위에 나뭇가지로 '저도의 추억'이라고 쓰는 모습이 공개되어 화제가 되기도 했다.

저도는 특히 박정희 대통령이 생전 휴가지로 자주 찾던 곳이라 박근혜 대통령에게는 어린 시절 추억의 공간이었다. 1967년 박근혜 대통령이 여고생이었을 때 아버지와 함께 이곳으로 휴가를 왔었다. 그 후 거의 35년 만에 저도를 찾았으니 감회가 새롭지 않았을까. 홀로 그 옛날의 글자를 마음에 새기면서 부모님과 함께했던 지난날을 떠올렸을 것이다.

저도는 경남 거제시에 위치한 작은 섬이다. 마치 돼지가 누워 있는 모습을 닮았다고 해서 '저도猪島'라는 이름이 붙여졌다. 그 안에 대통령의 별장인 청해대가 있는데 이는 '바다의 청와대'라는 뜻을 가지고 있다. 이곳은 오랫동안 일반인의 출입이 전면 통제되면서 자생한 해송과 동백이 한데 어우러져 절경을 만들어냈다.

하지만 저도의 운명은 정권이 바뀌면서 매번 달라졌다. 김영삼 대통령은 권위주의를 청산한다는 취지로 저도를 거제시에 환원했지만 2008년 이명박 대통령은 다시 이곳을 대통령 별장으로 지정했다. 이후 문재인 대통령이 2019년 대선 공약에 따라 시범 개방했고, 현재는 일부 구역을 제외한 장소를 유람선으로 관광할 수 있다.

다른 대통령들에게 저도는 복잡한 국정운영을 내려놓고 머리를 식히는 공간이었겠지만, 박근혜 대통령에게는 오랜 세월 더없이 짙은 향수를 느끼게 하는 공간이었으리라. 그래서인지 휴가 일정 내내 최소 인원만을 동행해 주로 독서와 산책을 하며 조용히 시간을 보내셨다. 귀빈호도 딱 한 번 타셨던 걸로 기억한다.

박근혜 대통령 재임기간에는 관저 내 행사가 많지 않았다. 그런데 매년 6월은 이상하리만치 행사가 많았다. 다른 만찬을 취소하고서라도 반드시 챙기는 것이 국가유공자를 초청하는 일이었기 때문이다. 2013년 취임 이후부터 줄곧 6월 호국보훈의 달에 열리는 행사만큼은 유난히도 신경을 쓰셨다.

그 외에는 비서진들과 신년에 떡국만찬을 하거나, 민정수석 및 부처 장관들과 생일오찬을 나누셨다. 청와대를 나가는 직원이 있을 때는 꼭 고별만찬을 지시하셨는데 이런 오만찬을 제외하고는 대부분 홀로 식사를 하셨다. 외부에서 손님이 와서 함께 식사를 하신 적은 없었다. 청와대에 함께 들어온 김막업 여사에 따르면 삼성동 자택에서도 쭉 혼자 식사를 하셨다고 한다.

그러고 보면 박근혜 대통령의 혼밥 역사는 참으로 길고도 길었다. 세간에서는 불통의 상징으로도 비쳤다. 하지만 나에게는 이것이 조금 남다른 마음으로 식사를 준비하게 되는 이유로 작용했다. 내외분과 화기애애하게 담소를 나누며 식사를 하는 대통령들을 모시다가 홀로 적막하게 밥을 드시는 대통령을 모시게 되니 각별히 신경을 쓸 수밖에 없었다. 그런 요리사들의 마음을 아셨던지 박 대통령은 늘 "고맙다, 잘 먹었다" 하시며 격려의 말씀을 아끼지 않으셨다.

얼마 전 공개 외출을 재개한 박 대통령의 모습을 뉴스에서 보았다. 평소 건강은 어떠신지, 식사는 잘 하시는지 궁금했다. 나는 그분의 정치 행보와는 무관하게 4년 가까이 매일 세끼를 모셨다. 요리사로서 염려가 되는 것은 어쩔 수 없는 일이었다.

청와대
최초의 영양사

대통령의 재임 초기에는 주방에서도 많은 시행착오를 겪는다. 새로운 대통령이 선호하는 음식은 물론 적정 식사량을 찾아가는 과정에 있기 때문이다. 특히 박근혜 대통령은 소화력이 좋지 않아 더욱 고민이 깊었다. 각종 행사에서 참석자들과 만찬을 할 때도 소화 문제로 거의 못 드시고 관저로 올라오곤 하셨다. 지방 행사 후에도 비슷한 이유로 식사 때를 놓치는 일이 잦았다. 그럴 때면 비행기나 기차에서 드실 수 있도록 미리 샌드위치, 유부초밥, 김밥, 과일 같은 간단한 음식을 준비했다.

임기 초반에는 어떤 메뉴를 선호하시는지 몰라 일단은 골고루 많이 올려드렸다. 그랬더니 음식의 종류와 양이 많으니 간단하게 준비하면 좋겠다는 피드백을 받았다. 그렇게 조금씩 음식의 가짓 수를 줄여나가면서 평소 선호하신 나물과 샐러드 비중을 늘려 메뉴를 조정해나갔다.

박 대통령만의 특별한 점은 영양제를 일절 드시지 않는다는 점이었다. 다른 대통령들은 식사 후 주치의가 처방해준 각종 영양제를 드셨지만 박 대통령은 소화가 안 된다는 이유로 사양하셨다. 그래서 순수하게 음식으로만 영양 밸런스를 맞추기 위해 청와대 역사상 최초로 영양사가 들어오게 되었다.

당시 들어온 영양사는 박근혜 대통령의 임기 동안 내내 함께했다. 그렇게 정권이 바뀜과 동시에 새로운 영양사가 들어와 2대에 걸쳐 대통령의 메뉴를 짜게 되었다.

요리사들이 짜는 사계절 메뉴는 대동소이하다. 대통령의 고향에 따라 지역색을 가미하거나 특별히 선호하는 음식으로 모실 뿐 대부분이 비슷했다. 게다가 영양학적으로 식재료를 분석하거나 부족한 영양분을 파악해 메뉴와 식사량을 정하지는 못했다. 이렇게 요리사들이 상식 차원에서 메뉴와 음식을 정하다 보니 취임 후 1년 동안은 대통령의 체중이 늘어나기도 했다.

그러다가 영양사가 들어옴으로써 대통령의 건강 상태에 맞춰 식단을 짤 수 있게 되었다. 영양사가 한 달 주기로 대통령의 메뉴와 식사량을 분석해 요리사들과 상의하고, 한방 및 양방 주치의로부터 건강검진 내용까지 반영하면서 체계적으로 개선되었다. 영양사는 음식마다 한 끼에 나가는 적정량까지 계산했다. 5첩 반상 중심으로 찬을 내가면서 남은 음식의 양을 데이터화해 정량을 맞춰나갔다. 초기 몇 달 동안은 6첩 반상으로 모셨는데 영양사와 상의 후에는 5첩으로 줄였고, 마그네슘, 칼슘, 비타민D 등이 부족하다는 데이터를 바탕으로 메뉴 정비와 식재료의 조합에 더욱 신경을 썼다.

박 대통령은 특별히 '가지요리'를 좋아하셨다. 그래서 가지를 자주 메뉴에 올리되 영양사의 조언대로 찌든 볶든 상관없이 항상 양파와 함께 들기름으로 조리했다. 그래야만 가지가 내포한 영양성분을 극대화할 수 있다는 것이다. 이외에도 채소를 익힐 때는 영양소 파괴를 최소화하는 데 주안점을 두고 요리했다.

박 대통령의 기피음식은 밀가루, 설탕, 소금이었다. 그래서 밀가루 대신 메밀을 활용했고, 설탕도 가급적 적게 사용했으며, 국과 찌개 간을 싱겁게 조절했다. 간은 병원식보다 약간 짜게 느껴지는 정도라서 일반인이 먹으면 싱겁다고 할 수 있었다. 그래서 박 대통령은 행사 음식은 자신의 입맛에 맞추지 말라고 당부하셨다.

한편 영양사 외에도 박근혜 대통령의 식단을 관리하는 데 도움을 주는 조력자가 있었다. 바로 김막업 여사와 김말례 여사다. 김막업 여사는 '광주요 신사점'을 운영할 당시 한나라당 박근혜 대표의 만찬 음식을 부탁받고 삼성동 자택에서 음식을 만들어주며 처음 인연을 맺었다. 그리고 김말례 여사는 삼성동에 상주하면서 요리를 담당했었는데 두 분 모두 청와대에 들어와 음식을 서비스하며 홀 서비스 직원이 하는 일을 대신했다.

나중에 김말례 여사는 주방에서 요리사들과 함께 일을 했다. 그저 김막업 여사만이 관저에 상주하면서 음식에 관한 대통령의 피드백을 우리에게 전달해주었다.

박 대통령의 아침식사는 아주 간소했다. 시리얼과 우유 그리고 생블루베리와 생아로니아를 드셨다. 국산 블루베리는 해외 순방길에도 늘 드셨는데 제철이 지나면 드시지 않았다. 다른 대통령들께는 아침에 꼭 사과를 챙겨드렸지만 박 대통령은 신맛이 강한 음식을 멀리하셔서 이를 생략했다. 아침은 항상 전날 저녁 미리 준비해 냉장고에 넣어놓으면 김막업 여사가 다음 날 손수 꺼내 챙겨드리곤 했다.

이 두 분으로부터 대통령의 식습관에 대한 상당히 자세한 정보를 얻을 수 있었다. 가령 잔치국수는 멸치다시에 호박채, 당근채, 계란, 김을 넣고 김치를 송송 썰어 그 위에 고명으로 곁들여달라는 식이었다. 메밀국수는 마른국수를 사용하고, 참외는 씨를 빼지 않고 준비하며, 잡곡밥은 백미 없이 찰보리, 찰현미, 수수, 서리태,

찰흑미를 넣어 지으라고 알려주었다. 다만 외부 오만찬 시에만 대통령의 요청에 따라 백미를 50퍼센트까지 늘릴 수 있었다.

박 대통령은 육류보다는 채식을 선호하셔서 나물만큼이나 샐러드를 좋아하셨다. 그래서 샐러드에 어울릴 법한 소스도 다양하게 개발했다. 샐러드 소스는 유자청, 매실액, 발사믹소스, 레몬소스를 주재료로 각각 올리브유를 넣어 만들기 때문에 맛도 상큼하고 영양소도 풍부했다. 해외 순방길에도 샐러드용 채소와 소스는 항상 준비해갔었다. 특히 좋아하신 샐러드 재료는 토마토였다. 토마토는 샐러드뿐 아니라 토마토계란볶음 등의 요리로도 만들어드렸는데 그럴 때면 늘 남김없이 그릇을 비우셨다.

대통령마다 선호하는 기호식품과 브랜드도 다 제각각이다. 특정 브랜드의 제품을 찾으시는 것은 박 대통령도 마찬가지였다. 두부, 콩나물, 숙주, 낫토는 풀무원 제품만 고집하셨고, 커피는 원두 대신 카누 마일드 로스트만 드셨다. 그래서 해외 순방을 나갈 때면 비서진뿐만 아니라 요리사들도 항상 카누를 몇 개씩 들고 다녔다.

박근혜 대통령의 식습관 가운데 가장 기억에 남는 것은, 매일 다양한 나물을 내어드려도 딱 20그램씩만 먹는 '인간 저울'이었다는 점이다. 나물 음식은 무엇이든 가리지 않고 즐기셨기에 초기에는 넉넉하게 담는 일이 많았다. 그때마다 매번 놀랄 만큼 정량만을 드시고 남기셨다. 이후로는 나물을 낼 때 늘 20그램만 그릇에 담았다.

사실 이 용량 역시 영양사가 박 대통령의 건강 상태와 식습관을 분석한 데이터를 바탕으로 정한 것이었다. 맛과 재료에 특화된 요리사로서 나는 대통령의 신체와 습관에 맞춰 식사량까지 정확히 수치화할 수 있다는 사실을 그때 처음 알게 되었다.

이 귀한 걸
어디서 구하셨어요?

    박근혜 대통령 재임기간에는 요리사로서 여러 가지 고민이 깊었다. 김대중 대통령을 시작으로 국가 원수를 네 분이나 모시다 보니 본연의 임무를 보다 현실적으로 직시하게 된 것이다. 김 대통령을 모실 때는 청와대라는 낯선 환경에서 한 나라를 책임지는 지도자의 음식을 담당한다는 것이 어떤 의미인지 실감하지 못한 채 일을 해내기에 바빴다. 그러다가 차츰 적응하면서 대통령을 모시는 요리사로서의 마음가짐과 생활태도를 제대로 갖추게 되었다.

    해를 거듭할수록 시행착오를 통해 경험치가 쌓이다 보니 대통령의 입맛과 상황에 맞게 안정적으로 음식을 만들고 서비스하는 노하우가 생겼다. 하지만 더는 새로울 것이 없는 메뉴 때문에 끊임없이 이런저런 시도를 하고, 대통령이 순방 나가신 동안 외부에서 신메뉴를 배워오기도 했다.

특히나 박근혜 대통령 때는 청와대 요리사로 15년 넘게 일하며 매너리즘에 빠진 것은 아닌지 스스로 점검하는 시기였기에 유난히 고뇌를 많이 했던 것 같다. 더군다나 김막업 여사를 통해 대통령의 취향과 상황을 전달받아서 즉각적인 메뉴 반영이 쉽지 않기도 했다. 다만 박 대통령 재임기간에는 내부 행사가 적었기 때문에 상대적으로 새로운 시도를 할 시간적 여유가 있었다. 그래서 가능한 좀 더 다양한 음식으로 모시고 싶다는 생각으로 최선을 다했다. 가리는 음식 없이 잘 드셨기 때문에 전에 없는 식재료를 구하기 위한 노력도 많이 했다. 덕분에 박근혜 대통령 시절 요리사로서 나는 음식을 원 없이 시도해볼 수 있었다.

박 대통령의 나물 사랑은 각별했기에 매끼 서너 가지를 준비해 내어드렸다. 그러다 보니 이틀만 지나도 나물 종류가 겹치곤 했다. 그래서 끊임없이 새로운 나물을 찾아다니며 우리나라 산나물을 다양하게 접할 기회를 얻었다. 그 와중에 부모님이 울릉도에서 재배하는 나물을 판매하는 한 청년의 온라인 몰을 알게 되었다.

그곳은 요리사들도 평소 접하지 못한 희귀 나물을 취급하고 있었다. 마치 보물이라도 발견한 것처럼 반가운 마음에 여러 가지 나물을 주문했다. 그런데 주문하자마자 바로 전화가 왔다. 입금처가 '청와대'인 것을 보고는 화들짝 놀라 부랴부랴 전화를 걸어온 것이다. 우리는 청와대 납품 사실을 기밀로 당부하고는 이후로도 해당 업체로부터 나물을 공급받았다.

주로 울릉도의 명물 전호나물과 삼나물을 비롯해 명이나물, 두릅, 부지깽이, 그 외 말린 나물로 삼나물과 취나물 등을 주문했다. 이 중 '전호'는 울릉도와 흑산도에서 군락지를 형성하며 자생하는 식물로, 대개 잎이 종적을 감추는 10월 즈음 싹을 틔워 한겨울 눈속에서 살아간다. 향이 진한 전호나물은 미나리와 함께 초무침을 하면 그 맛과 향이 기가 막히게 좋다.

울릉도의 또 다른 대표 나물은 '삼나물'이다. 깊은 산이나 고산지대에만 자생하는데 영양학적으로도 좋고 독특한 향과 상큼한 맛이 일품이다. 인삼에 많이 함유되어 있는 사포닌 성분이 풍부하고 어린잎이 산삼처럼 생겨 삼나물이라는 이름이 붙었다. 삼나물은 씹으면 쫄깃한 소고기맛이 날 정도로 식감이 살아 있다. 특히 칼슘과 칼륨, 비타민C, 무기질 등의 영양성분을 많이 함유하고 있어, 소화력이 약한 박 대통령의 식단으로 적합한 나물이었다.

특히나 박 대통령은 전호나물과 삼나물무침을 좋아하셨다. 이런 전통나물류 외에도 들기름에 자작하게 볶아내 소금으로 간을 한 무나물도 즐기셨다. 매끼 나물 반찬을 즐겨 드신 대통령 덕분에 우리 요리사들은 대한민국 나물의 종류와 조리법에 대해 제대로 공부할 기회를 얻은 셈이었다.

박 대통령 때는 보양식 메뉴를 개발할 때도 기존에 쓰지 않은 식재료를 구하려고 애썼다. 워낙 가리는 음식 없이 무엇이든 우리가 모시는 대로 드셨기 때문이다. 보통 대통령의 보양식 메뉴는 평소 선호하는 음식이나, 삼계탕과 장어요리가 일반적이다. 그런데 박 대통령 때는 봄 보양식으로 특별히 '황복요리'를 해드렸다.

재료는 하루 전에 직접 산지를 찾아가서 구해왔다. 황복은 옆구리가 황금색이어서 '황복黃鰒'이다. 주로 임진강과 한강에서 부화해 서해로 나가 몇 년을 더 자란 후, 길이 20~30㎝의 성어가 되면 산란을 위해 다시 돌아와 알을 낳는다. 3월 말에서 5월 초까지만 잡히기 때문에 봄 보양식으로는 제격이다.

황복은 중국 송나라 시인 소동파가 '죽음과 맞바꿀 맛'이라고 극찬한 식재료다. 얇게 회를 떠 먹으면 입안에서 도는 쫄깃쫄깃한 감칠맛이 일품이고, 탕과 지리로 하면 식감에서 우러나오는 시원한 국물맛을 잊을 수 없다. 그런데 황복은 이렇게 극상의 맛만큼이나 치명적인 맹독을 지니고 있다. 독은 알을 비롯한 내장, 피와 살 속에 들어 있어서 7, 8시간은 물에 담가 완전히 빼내야 한다. 그래서 복요리 자격증이 있는 전문요리사가 해체작업을 했고, 검식관이 진행 전 과정을 살펴보며 시식을 했다.

김포 쪽에서 황복을 사 올 때도 아침에 가져오자마자 손질한 후 핏물을 제거하는 작업을 거쳐 저녁에 모셨다. 중간중간 살을 채취해 미리 검사를 하는데 1, 2시간이면 그 결과가 나온다. 황복 살은 얇게 저며 회로, 껍질은 무침으로, 남은 살과 뼈는 지리를 하는데 이때 찹쌀떡을 넣어 일본식으로 조리했다.

　그 외에도 제주도산 다금바리를 공수해 보양식으로 만들어드린 적도 있고, 여름에는 삼천포에서 자연산 장어를 받아다 숯불구이를 해드리기도 했다. 김대중 대통령 때부터 장어구이는 늘 숯불에 직화로 구워서 내드렸다. 보통 장어요리는 데리야끼소스와 고추장소스 그리고 소금으로만 간을 한 세 가지 종류의 구이가 기본으로 나간다. 이때 소금은 신안 천일염을 사용했다. 다만 김대중 대통령 때는 도자기를 굽는 가마에서 구운 이천 소금을 썼는데 소금에서 단맛이 날 정도로 그 맛이 특별했다.

　대통령의 주말식사는 평소 드시는 것과 조금 다르게 양식, 일식 혹은 중식 풀코스로 모시곤 했다. 박근혜 대통령의 일식코스는 양이 적고 가짓수는 많은 편이었다. 큰 접시에 적은 양으로 다양한 음식을 담아 아기자기하게 세팅했다. 여러 차례의 코스 형태로 나가지 않고 카나페 혹은 타파스 스타일로 회, 튀김 한두 가지, 초밥, 마즙 등을 골고루 내가는 식이었다.

　중식 주말요리는 게살수프, 해삼요리, 채소볶음, 짜장면 등을 만들었고, 한기가 느껴지는 겨울철 주말이면 꼭 한 번씩은 샤브샤브를 준비해드렸다. 얇게 썬 소고기에 평소 좋아하시는 채소를 다양하게 곁들여 1인용 냄비와 함께 세팅해드리면 김막업 여사가 서비스를 했다.

박근혜 대통령은 홀 서비스 직원들과 대화는 하지 않으셨지만 주방 팀에게 음식에 대한 고마움을 늘 에둘러 전달해주셨다. 그래서 요리사들도 대통령과의 소통을 위한 방법 중의 하나로 각 메뉴에 설명 카드를 함께 내드리는 방법을 고안해냈다. 평소 드시지 않았던 울릉도 산나물과 황복 등의 제철 재료로 음식을 해드릴 때면 으레 간단한 설명과 조리법을 적어 거치대에 끼워드렸다. 그러면 어김없이 김막업 여사 편으로 피드백을 보내오셨다.

"이 귀한 걸 어디서 구하셨어요? 참 고맙게 잘 먹었습니다."

이처럼 음식은 '소통의 도구'이기도 하다. 가족을 위해 매일 삼시세끼를 만드는 주부들뿐 아니라 음식 만드는 것을 업으로 하는 요리사들조차 정성으로 마음을 표현한다.

청와대 요리사들은 대통령이 음식을 드시는 모습을 현장에서 직접 보지는 못한다. 물론 그 자리에서 피드백을 받을 수도 없다. 하지만 맛있게 드시는 모습을 상상하며 정성을 다해 음식을 만드는 것만으로도 주방 너머로 충분히 상대와 소통하고 있다고 생각한다. 그러다가 이렇게 한 끼라도 좀 더 새롭게 모시고 싶은 마음

을 알아채고 기뻐해주시면 요리사로서 걷는 호젓한 인생의 숲길
이야말로 더없이 행복한 순간임을 깨닫게 된다.

삭힌 홍어 소동과
송로버섯 사건

"팀장님, 지금 어디세요?"

"지하철 타고 어디 좀 가는 길인데요. 왜요?"

"대통령님이 홍어를 드신 것 같던데 얼마나 삭힐 걸로 모셨어요?"

"살짝 삭힌 거였는데… 그런데 왜요?"

"대통령님 입천장이 다 벗겨지셔서 의무실장이 다녀갔어요."

여느 때처럼 저녁식사의 뒷정리를 마치고 퇴근하던 지하철 안이었다. 이영선 비서관으로부터 전화가 와서는 대뜸 홍어 이야기부터 물어보는 게 아닌가. 순간 가슴이 덜컥 내려앉았다.

그날도 언제나 그랬듯이 덜 삭힌 홍어를 살짝 쪄서 박근혜 대통령께 내드렸다. 검식관과 요리사들이 전부 먹어봤을 때도 아무 이상이 없었다. 그래서 홍어 자체에 문제가 있을 거라고는 생각하지 않았다. 그러다 문득 홍어와 뜨거운 국물을 함께 먹으면 화학작용을 일으켜 입천장이 벗겨진다는 어른들의 말씀이 어렴풋이 기억났다. 목포 사람들은 홍어를 워낙 자주 먹기 때문에 홍어로 인한 이런저런 탈을 종종 겪는다.

"혹시 뜨거운 국물을 함께 드셔서 그런 게 아닐까요?"

"안 그래도 의무실장이 그런 얘기를 하긴 했는데… 여하튼 좀 더 조사해봐야겠어요."

다음 날 아침 주방에서도 간밤의 홍어 소동으로 의견이 분분했다. 혹시라도 홍어에 문제가 있었다면 그야말로 큰일이니 검식관과 요리사들 모두 어수선한 분위기 속에서 일을 시작했다.

다행스럽게도 주치의가 진료를 본 결과, 추측한 것과 같이 '홍어와 함께 뜨거운 국물을 드셔서 입천장이 헐은 것'이라고 말해줘서 별일 없이 지나갈 수 있었다. 그날 이후로 홍어는 종전보다 덜 삭힌 상태로 준비했고, 국물 온도에도 더 신경을 쓰자고 협의했다.

박 대통령은 평소에도 '홍어찜'을 좋아하셨다. 그래서 사건 이후에도 홍어찜을 안 드신다는 이야기가 없어서 늘 그랬던 것처럼 일주일에 한 번씩 메뉴에 포함시켰다.

홍어 특유의 냄새는 몸에 있는 요소 성분이 미생물에 의해 암모니아로 분해되면서 나온다. 보통 여름에는 하루나 이틀, 가을에는

5, 6일 정도 삭히면 이런 현상이 일어난다. 보통은 홍어찜을 먹다가 입천장을 데면 강한 암모니아를 원인으로 보면 되는데, 박 대통령이 드신 홍어는 덜 삭힌 것이기 때문에 암모니아에 의한 증상만으로 보기는 어려웠다.

음식을 하는 사람에게 있어 맛만큼이나 중요한 것은 신선한 식재료를 사용해 건강한 음식을 만들어내는 것이다. 내가 만든 음식을 먹고 누군가 탈이 났다는 말은 절대 들어서는 안 된다. 하물며 한 나라의 대통령이 음식을 먹고 몸에 문제가 생기는 일은 결코 있어서는 안 될 대형사고다. 다섯 분의 대통령을 모시면서 이런 경우는 거의 없었다. 이명박 대통령 때 벌어진 회덮밥 사건과 박근혜 대통령의 홍어 사건이 전부였다. 모두 경미한 일에 불과했지만 지금 생각해도 그 순간은 아찔했다.

음식 자체에 문제가 있어서가 아니더라도 청와대 요리사로 일하다 보면 각종 행사 때 나간 음식으로 다양한 구설수를 겪기도 한다. 박근혜 대통령 때도 그런 일이 있었다. 2016년 이정현 새누리당 신임대표의 축하오찬 때의 일이다. 당시 오찬은 이정현 대표가 좋아하는 메뉴로 특별히 '냉면'을 준비해서 큰 관심을 끌었다.

하지만 얼마 지나지 않아 다른 메뉴로 화제가 옮겨가면서 비난의 대상이 되었다. 당시 뭇매를 맞은 음식은 바로 '송로버섯'과 '샥스핀', '캐비어'였다. 송로버섯은 국민 정서를 고려하지 않은 호사스러운 식재료이고, 샥스핀은 상어 포획의 문제로 비윤리적이라며 비난이 쇄도했다.

원래 그날의 행사 메뉴는 1안과 2안 두 가지가 있었다. 1안은 잣죽과 갈비구이를 포함한 기본 한정식코스였고, 2안이 구설수에 오른 바로 그 음식 재료들이었다. 그런데 대통령께서 직접 2안을 선택하셨다고 들었다. 우리는 그저 관저에서 하는 비공식 행사라고만 생각하고 넘겼다. 공식적인 행사라면 샥스핀 같은 메뉴는 쓰기 어렵기 때문이다.

대통령께서도 관저행사라고 생각해서 2안을 선택했는지는 알 수 없다. 그런데 당 대표 오찬을 비공식으로 하기는 쉽지 않기 때문에 공식행사라고 생각하셨을 수도 있다. 결국 그 행사는 기자들이 와서 취재하는 축하만찬이었고, 그날 미리 메뉴를 본 기자들에 의해 뉴스에 보도되며 논란이 일었다.

사실 송로버섯과 캐비어 메뉴는 식재료로 소량 곁들이는 정도로만 쓰였다. 캐비어는 샐러드에 살짝 뿌린 수준이었고, 송로버섯 역시 풍미를 돋우는 정도였다. 어쨌든 뉴스를 비롯한 각종 매체에 과장되어 보도되면서 '청와대 만찬 메뉴는 김영란법의 대상이 안 되는가', '국민의 눈은 전혀 개의치 않아도 그만인가' 식의 거센 비난이 이어졌다.

다음 날 위에서 송로버섯을 비롯한 식재료들의 원가를 계산해 보라는 지시가 떨어졌다. 당일 만찬 때 제공된 음식들의 원가를 계산해본 결과, 문제가 된 식재료들은 주재료가 아니었기 때문에 언론에서 떠들썩하게 보도한 것처럼 최소 30~40만 원 이상 하는 최고급 요리는 아니었다. 실제 식재료에 들어간 가격은 1인당 7~8만 원대 수준이었다. 송로버섯도 중국 박물관에서 소장하는 최고급 식재료에 비견되었지만 실상 그날 쓴 송로버섯은 20만 원대로 그것도 딱 하나만 사용했다. 하지만 언론의 뭇매는 계속 이어졌고 후폭풍은 쉽사리 가라앉지 않았다.

대통령은 때로는 음식으로 메시지를 전달하고 식탁에서 외교를 한다. 그래서 지도자들이 먹는 음식들이 대내외적으로 알려지면서 정치적인 효과까지 발휘하는 것이다. 오바마 대통령이 베트남의 허름한 식당에서 먹은 쌀국수, 이명박 대통령이 대선후보 시절 군부대에서 먹은 짬밥, 노무현 대통령이 단골식당에서 먹은 삼계탕 같은 서민 음식이 언론의 주목을 받는 것도 바로 이 때문이다.

이런 음식들은 정치인의 이미지를 만들어주고 외교적인 관계 개선에도 도움을 준다. 그만큼 대통령이 선택하는 음식은 커다란 의미를 지니고 있으며, 그것에 일조하는 것이 곧 청와대 요리사라는 사실을 절감할 수 있었다. 송로버섯 사건은 그렇게 나의 기억 속에서 남아 있다.

아주 특별한 선물

요즘 에버랜드에 있는 아기 판다 푸바오의 인기가 대단하다. 푸바오는 2014년 방한한 시진핑 중국 국가주석이 판다를 보내기로 약속한 후, 에버랜드에 온 한 쌍의 암수 사이에서 태어났다. 곧 한국을 떠난다는 푸바오의 소식을 TV로 전해 들으며 과거 영빈관 행사장 먼발치에서 바라본 시진핑 국가주석이 떠올랐다.

2013년 박근혜 대통령의 방중에 이어 2014년 시진핑 국가주석이 한국을 찾았다. 당시에 시 주석이 북한보다 한국을 먼저 찾아서 큰 화제가 되었고, 그 이듬해 박 대통령이 중국을 답방해 그 어느 때보다 중국과의 교류가 활발했던 것으로 기억한다.

시진핑 주석의 국빈만찬은 저녁 무렵 영빈관에서 개최되었다. 정·재계 인사들을 비롯한 수많은 인원이 행사에 참여했기에 만찬을 준비하는 과정도 치밀했다. 보통 이런 행사는 외교부와 의전팀 그리고 음식을 담당하는 호텔이 주축이 되어 준비하고, 청와대 주방 팀은 참관을 통해 대통령의 음식 정보를 공유하거나 메뉴 선정에 앞장선다.

박 대통령의 기호식품과 기피식품 등을 의전팀에게 전달하고, 만찬을 주관하는 호텔 조리팀장과 외교부에도 해당 안건을 상의한다. 이 과정에서 검식관과 청와대 요리사는 행사 2, 3일 전부터 직접 시식을 하고, 행사 당일 미리 만찬 장소를 답사해 여러 가지 사항을 점검한다.

당시 만찬은 3시간 정도 진행되었고 메뉴는 전통 한식으로 정해졌다. 캐비어를 곁들인 아보카도 훈제연어샐러드를 시작으로 삼색전유화인 애호박전, 표고전, 생선전이 준비되었다. 그다음으로는 홍삼 화계선 그리고 궁중버섯잡채와 어선이 나왔고, 메인요리로 장향양갈비구이가 나왔다. 이어서 식사 메뉴로는 채소볶음밥, 해물면, 신선로가 제공되었다. 후식으로는 과일과 약과, 녹차 아이스크림, 홍삼정과, 인삼 대추차를 준비했다.

'홍삼 화계선'은 닭을 갈아 양념한 후 계란 지단 위에 펴서 갖은 채소와 말아 찐 다음 24시간 동안 달인 홍삼과 진한 닭육수를 부어 끓인 맑은 수프다. 이날 삼색유화전과 홍삼 화계선이 장내에서 좋은 반응을 얻었다고 들었다. 장향양갈비구이는 양고기를 선호하는 중국인들의 입맛을 반영한 메뉴로 특제 된장소스를 발라 직화구이 한 음식이었다.

국빈만찬의 메뉴는 양국 두 정상의 식성과 기호를 적절하게 조합하는 것이 가장 중요하다. 이를 토대로 조리법과 식재료를 선정하고 한식의 정통성을 지키되 현대적 요소를 적절히 가미하는 것에 주안점을 둔다. 이런 각고의 노력 덕분에 당시 만찬장의 음식들은 호평 속에 접시가 깨끗이 비워졌다는 후문을 낳았다.

청와대 요리사들이 직접 조리에 참여하지는 않지만 국빈만찬이나 특별오찬 등의 행사에서 반응이 좋았다는 이야기를 들으면 마치 우리가 거사를 마친 것처럼 뿌듯하다. 요리사들이 국가행사에서 외교관 못지않은 역할을 했다는 자부심이 들기 때문이다.

시진핑 주석의 방한 때는 영빈관 국빈만찬 외에도 성북동 한국가구박물관에서 특별오찬을 가졌다. 이날 오찬에는 국빈만찬 때 선보이지 않은 한식코스가 마련되었다. 삼색밀쌈과 채소샐러드, 영양호두죽, 녹두전과 해물파전, 불고기와 구운 채소, 계절과일 등이었다. 이날 주방 팀도 검식관과 함께 미리 행사장에 가서 메뉴를 점검하고 주변을 꼼꼼히 둘러보았다. 한국가구박물관은 고즈넉한 정취를 품은 한옥 공간으로 전통 한식코스를 대접하기에 더할 나위 없이 좋은 곳이었다.

특히 시진핑 주석과 펑리위안 여사의 한식 사랑은 각별하다고 들었다. 오찬장에서 펑 여사는 직접 김치 담그는 행사에 참여할 정도였고, 시진핑 주석은 된장찌개를 아주 좋아한다고 밝히기도 했다.

이날 국빈만찬의 메뉴만큼이나 화제가 된 것은 만찬용 술이었다. 당시 시진핑 주석의 방한 때는 스페인산 와인 '핑구스 PSI 2011'이 축하주로 선정되었다. 보통 때는 100만 원대 와인을 제공하는데 이때는 시진핑 주석을 배려해 10만 원 안팎의 와인을 선택했다. 검소함을 중요한 덕목으로 삼고 있는 시진핑 주석의 생각과 당시 중국에서 부패척결을 위한 운동이 진행되고 있는 사회 분위기를 감안해 부담 없이 즐길 수 있는 와인을 부러 선정한 것이다. 이렇게 국빈행사에서는 음식 하나하나에 스토리텔링을 담는 것이 무엇보다도 중요하다.

음식과 술 외에도 주목을 받았던 것은 두 정상이 교환하는 선물이었다. 박근혜 대통령은 바둑 애호가로 알려진 시진핑 주석을 위해 천연돌로 만든 바둑알을 준비했고, 부인 펑 여사에게는 고운 칠보 다기세트와 차를 선물했다. 그 밖에 시 주석 내외를 위해 최상급 홍삼인 '천삼'을 선물하기도 했다. 답례로 시진핑 주석은 우리나라 국화인 무궁화를 주제로 한 자수 공예품을 선물했는데, 중국 장인이 무려 600시간을 투자해 만든 것이라는 사실이 큰 화제가 되었다.

2009년 미 대통령 방한 당시에는 이명박 대통령이 과거 방한 때 태권도를 배운 경험이 있는 오바마 대통령을 위해 태권도복과 검은 띠 그리고 명예단증을 선물했다. 보통 국가 정상에게 전하는 국빈 선물은 가격보다 그것이 지닌 의미에 더 큰 가치를 둔다. 한동안은 우리나라 전통문화와 연관된 상징물을 선물했지만 점차 국빈 취향을 반영하는 추세로 바뀌게 되었다. 부시 대통령이 방한했을 때는 국산 디지털 액자를 선물했다는 이야기를 듣고 놀랐다. 평소 가족사진을 즐겨 보는 부시 대통령의 성향을 반영한 것으로 반응이 좋았다고 들었다.

한편 박근혜 대통령은 해외 순방길에 아주 특별한 선물을 받은 적이 있다. 당시 근무했던 비서관을 통해 들었는데 나중에는 언론에도 보도되었다. 그것은 2016년 한·러 정상회담 때 푸틴 대통령으로부터 받은 선물로 바로 부친인 박정희 대통령이 직접 쓴 친필 신년휘호(새해를 맞이해 글씨를 쓰거나 그림을 그리는 일)였다. 이 휘호는 공식적인 선물이 아니라 예정에 없던 개인적인 선물이었다고 한다.

푸틴 대통령이 전달한 박정희 대통령의 휘호는 '총화전진總和前進'으로, 화합해서 함께 미래로 나아가자는 의미를 담고 있다. 아버지의 만 가지 뜻을 받아든 박 대통령의 기쁨은 더할 나위 없었을 것이다.

박정희 대통령은 매년 새해 초마다 소망을 담은 신년휘호를 직접 쓰셨다고 한다. 그중 박 대통령이 타계하기 전 1979년에 쓴 마지막 신년휘호를 러시아가 입수해 가지고 있었다. 그런데 러시아는 과연 이것을 어떻게 갖게 되었을까? 그 무렵 신문기사를 보면 답을 찾을 수 있다. 휘호의 원소유주가 박정희 대통령 타계 후 미국이민을 떠나 글귀를 팔았는데 이를 미술시장에서 우연찮게 본 푸틴 대통령이 구입한 것이라고 한다. 물론 세상에 하나밖에 없는 진본이었다.

머나먼 타국에서 예상치 못한 아버지의 선물을 받아든 박근혜 대통령의 심정은 어떠했을까? 당시 나는 그 순방길에 함께하지 못했다. 하지만 당시 동행한 경호처 직원들의 전언에 따르면 대통령 당신도 상당히 감격하셨다고 한다. 그도 그럴 것이 아버지가 남기신 마지막 유품이 아니던가. 이처럼 귀한 마음과 사연이 담긴 선물은 때로는 정치적 이해관계를 떠나 잊지 못할 역사의 한 줄로 기록되는 법이다. 그것은 음식도 매한가지다.

구멍 난 스타킹 속
엄지발가락

　박근혜 대통령의 65번째 생일은 유난히 쓸쓸했다. 2017년 2월 2일은 예년과는 달리 별도의 행사가 잡혀 있지 않았다. 다만 축하 인사차 관저를 찾은 참모진들과 간단히 오찬만 함께했다. 탄핵 정국 이후 맞는 첫 생일인 데다 헌법재판소의 결과를 앞두고 특검팀이 압수수색을 예고해 그 어느 때보다도 청와대는 긴장감이 돌았다. 관련 부서직원들도 전부 대기령이 떨어진 상황이었다.

　하지만 박근혜 대통령은 생일날 아침에도 별다른 요청이 없었다. 그저 평소와 똑같이 준비된 아침 메뉴를 드시고, 미역국이 포함된 생일 정찬이 점심식사로 나갔다. 보통 대통령의 생일 정찬은 소고기미역국과 불고기 혹은 갈비찜, 삼색전과 기본 나물 3종을 포함한 몇 가지 반찬이 포함된다.

대통령의 생일만찬은 직계가족과 함께하는 기본만찬과 20여 명의 수석비서관, 그 외 친인척과 하는 오만찬이 있다. 이때는 양식, 중식, 일식이 포함된 코스요리를 모두 제공한다. 하지만 박 대통령은 가족 혹은 지인들 없이 오직 청와대 관계자들과의 만찬만으로 생일날을 보내셨다.

청와대에서의 마지막 생일은 더없이 쓸쓸했다. 취임 후 맞이한 첫 생일만찬과 비교하면 너무나 대조적인 분위기였다. 그때는 국무총리와 대통령비서실장을 비롯한 수석비서관들이 함께 모여 훈훈한 분위기 속에서 생일오찬을 진행했었다. 그다음 해인 64번째 생일에는 비서실장, 국가안보실장과 경호실장 등이 참석한 오찬에서 축하노래를 들으며 케이크에 초를 끄기까지 하셨다. 또 당일 저녁에는 황교안 국무총리를 비롯한 국무위원들과 관저에서 비빔밥 만찬을 즐기셨다.

박근혜 대통령의 생일과 관련해서는 요리사들에게 매우 특별한 에피소드가 있다. 수석비서관들과 함께하는 생일만찬이 끝난 후 주방 안은 뒷정리를 하느라 상당히 번잡했다. 그런데 갑자기 주방문을 열고 박근혜 대통령이 들어오시는 게 아닌가.

"오늘 너무 잘 먹었어요. 준비 잘해줘서 고마워요."

대통령의 익숙한 목소리가 들리는 순간, 주방 안은 그야말로 일시 정지상태였다. 비서관도 없이 혼자 주방에 들어와서 특유의 미소로 요리사들을 격려해주셨다. 평소 직접 대통령과 대화할 일이 없던 지난날을 떠올려볼 때 엄청난 일이 벌어진 것만은 분명했다. 그날 우리는 이보다 더 큰 특별 보너스는 없다며 기뻐했었다. 평소 보란 듯이 대놓고 내색하지는 않으셨지만 고이 숨기셨던 대통령의 수줍은 진심을 엿볼 수 있었다.

만찬행사가 끝나자마자 주방에서 직접 들은 박 대통령의 인사말은 운영관을 통해 전해 듣는 피드백과는 차원이 달랐다. 이렇게 청와대 주방까지 직접 찾아오셔서 맛있다고 해주신 대통령은 통틀어 두 분이 계셨는데, 바로 노무현 대통령과 박근혜 대통령이었다.

사실 박근혜 대통령의 생일만찬을 준비하는 요리사들의 마음은 조금 남다르다. 다들 드러내놓고 말하지는 않지만 축하해주는 가족 없이 홀로 생일을 맞는 박 대통령의 쓸쓸함을 헤아려 최선을 다해 음식을 만든다. 하지만 그해 생일을 기점으로 박 대통령의 생일만찬을 만들 기회는 없었다. 박 대통령은 청와대에서 맞이하게 된 마지막 생일을 적적하게 보내셨다.

그리고 2017년 3월 10일, 헌재 판결이 나고 약 이틀가량을 청와대에서 머문 후 삼성동 자택으로 이동하셨다. 전직 대통령들과 달리 별도의 환송행사도 없었다. 그저 관저 직원들과의 마지막 인사 자리만 비공식적으로 주어졌을 뿐이다.

그날은 오후 6시쯤이었다. 비서관이 관저 관리직원들을 대식당으로 불렀다. 청소하는 분들과 주방 요리사들까지 모두 10여 명이 한자리에 도열해 있었다. 그때 문이 열리고 박근혜 대통령이 들어오셨다. 그동안 함께해온 직원들에게 떠나기 전 고마움은 전하고 싶다는 의견을 비서실에 전한 것이었다. 임기를 마치지 못한 채 불명예스럽게 청와대를 떠나는 대통령과 함께하는 자리는 더없이 무거울 수밖에 없었다.

"이렇게 안 좋은 일로 나가게 됐지만 언젠가 진실은 밝혀질 것입니다. 지난 4년 동안 저를 위해 음식을 해주시고 청소를 해주신 분들께 너무나 고맙고 감사했습니다. 좋은 음식 잘 먹고 편안히 있다 갑니다. 언젠가 꼭 다시 만날 날이 있으리라 생각합니다."

뒤이어 대통령께서 주방 팀 직원들에게 인사를 건네시는데 무슨 말을 어떻게 해야 할지 몰라 고개만 숙이고 있었다. 그런데 그때였다. 슬리퍼를 신은 대통령의 발만 쳐다보고 있는데 구멍 난 스타킹 속으로 엄지발가락이 보였다.

스타킹에 구멍이 난 줄 모르고 신으신 건지, 신고 있다가 구멍이 난 건지는 모르겠다. 평소 옷매무새가 늘 단정하시고 빈틈없는 대통령의 모습만 보다가 구멍 난 스타킹에 초췌한 얼굴을 한 마지막 모습을 보고 있자니 마음이 좋지 않았다. 지금도 그날의 기억은 내내 잊히지 않는다. 관저 직원들에게까지 인사를 하고 떠날 경황이 아니었음에도 일일이 고마움을 전하셨기에 그런 대통령의 마음이 더 절절하게 다가왔던 듯하다.

청와대에 들어오실 때도 별도의 취임행사 없이 들어오셨는데 나가실 때도 이렇게 조용히 떠나야 하다니…. 요리사들이야 정치나 외교는 잘 모르니 외부의 평가에 대해서는 뭐라 할 말이 없다. 하지만 지난 4년 동안 우리한테는 늘 여러모로 배려해주시고 잘 대해주셨기에 모시는 분을 떠나보내는 마음은 남다를 수밖에 없었다. 사람의 마음이란 모름지기 인지상정이다.

그날 이후 대통령이 없는 관저는 폐허처럼 텅 비었다. 출근을 해도 딱히 모실 분이 없는 우리로서는 무엇을 해야 할지 막막했다. 공무원 신분으로 당장 잘릴 일은 없다손 치더라도 요리사가 음식을 못 하니 그렇게 무기력할 수가 없었다. 할 수 있는 일이라고는 식기와 비품을 정리하고 청소하는 일뿐이었다.

보통 새로운 대통령이 당선되어 청와대에 입성하기까지 약 3개월 정도는 재정비의 기간으로 삼는다. 다만 직원들 각자의 거취가 어떻게 될지 몰라 뒤숭숭한 분위기가 내내 이어졌다. 나 역시 고민이 깊었다. 과연 다섯 번째 대통령을 모실 기회가 또 한 번 행운처럼 주어질 수 있을까, 아니면 이대로 청와대 생활을 마무리하고 새롭게 인생 2막을 열어야 할까. 결단이 필요한 시점이었다.

대통령이 관저 식당으로 향한다는 비서관의 무전도, 가족식당에 음식을 내오라는 운영관의 벨소리도 더는 들리지 않았다. 불꺼진 화구 위에 덩그러니 놓여 있는 웍을 보니 마음이 갑갑해졌다. 언제쯤이면 다시 불을 올리고 힘 있게 웍을 돌릴 수 있을까. 매일 아침 그 생각을 독백처럼 되뇌며 무거운 눈꺼풀을 들어 올렸다. 청와대 정문인 영풍문을 지나 백일단 초소를 통과해 지하동 주방에 도착했다. 그렇게, 두 발이 습관처럼 오늘도 이곳을 향하고 있었다.

어향가지덮밥

🍱 재료(1인분)

식용유 1200ml
밥 200g
가지 200g
다진 돼지고기 20g
청피망 15g
홍파프리카 15g
마늘쫑 15g
청양고추 1개
대파 20g
팽이버섯 20g
완두콩 10g

간장 약간
마늘 약간
생강 약간
육수 180ml
물전분(감자전분 2큰술 + 물 3큰술)
참기름 1큰술
고추기름 약간

🧂 양념

굴소스 1/2큰술
두반장 1/2큰술
설탕 1/2큰술
식초 1큰술
노두유(중국 간장) 1/2큰술
백후추 약간

🍲 만드는 방법

1 가지를 연필 깎듯이 돌려가며 마름모형으로 자른다.

2 홍파프리카, 청피망, 마늘쫑을 굵게 다진다.

3 대파는 2등분해 0.2cm 정도, 팽이버섯은 1cm 크기로 썬다.

5 튀김기에 식용유을 붓고 180도 정도가 되면 가지를 넣어 튀긴다.

6 프라이팬에 식용유를 두르고 다진 돼지고기를 간장, 마늘, 생강 약간과 밑간하듯이 볶아낸다.

7 식용유를 두른 냄비에 **2**와 **3**, **6**의 재료를 모두 담고 양념과 완두콩을 함께 볶는다.

8 육수를 붓고 끓기 시작하면 튀긴 가지를 넣고 물전분을 풀어 농도를 맞춘다.

9 마지막으로 참기름과 고추기름을 둘러 마무리한다.

"

일이 바쁜 점심에는
밥상을 소박하게 차려주시면 좋겠습니다.

"

5장

북악산 담장 너머 푸른 기와에
작별을 고하며

문재인 대통령
(2017~2022)

음식은 때로는
사람을 부른다

　박근혜 대통령이 청와대를 떠난 이후 주인이 없어진 주방은 적막감이 감돌았다. 음식을 하지 않으니 식재료도 일절 들어오지 않았다. 각종 재료를 썰고 볶고 끓이는 소리가 가득해야 할 주방에 달그락거리며 식기 정리하는 소리만 간간이 들렸다. 그렇게 3개월가량이 흐른 후 새 대통령의 부임 소식이 들려왔다.

　정확히 2017년 5월 10일이었다. 문재인 대통령이 취임식을 마치고 청와대에 입성한 날, 한동안 내려져 있던 파란색 봉황기가 다시 걸렸다. 효자동삼거리 분수광장에는 시민들의 환영 행렬이 물결처럼 일었고, 비어 있던 청와대 분위기도 다시 활기를 되찾았다. 문 대통령 내외를 태운 차량이 본관 앞에 들어섰다는 소식을 전해 들은 주방에서는 알 수 없는 긴장감이 퍼졌다.

　문재인 대통령의 식성은 여러모로 노무현 대통령과 비슷했다. 다양한 종류의 국밥과 한국식 매운탕을 선호하셨는데 특히 사골 우거지국밥은 문재인 대통령의 소울푸드라 할 만했다. 혼자 식사를 하실 때면 어김없이 사골우거지국밥을 청하셨다. 평소에도 간소하고 정갈한 밥상을 원하셔서 참모들과 회의할 때도 국밥에 해산물초회 같은 곁들임 음식 하나만 내달라고 하셨다. 그 대신 만찬처럼 사람이 여러 명 있을 때는 코스 메뉴를 드셨다.

　생선회도 노무현 대통령과 마찬가지로 막회 스타일을 즐기셨다. 한번은 일식 스타일로 회를 올렸더니 이런 회 말고 숭덩숭덩 썰어내는 회가 더 좋다고 하셔서 그 이후로는 노 대통령 때처럼 막회 스타일로만 드렸다. 특히 마늘과 참기름을 듬뿍 넣은 막된장에 회를 찍어 쌈 싸 드시는 것을 제일 좋아하셨다. 그래서 문 대통령 때는 KTX를 타고 온 도다리와 남해 돌가자미를 막회 스타일로 썰어드렸다.

　해산물 종류는 대부분 잘 드셨는데 특이하게도 군소를 즐겨 찾으셨다. 김정숙 여사를 통해 청하신 군소를 나도 그때 처음 대통령의 식사 메뉴로 올렸다. 군소는 '바다 달팽이'라고도 불리는데 주로 삶아서 먹는 방식이 일반적이다. 쫄깃한 식감과 쌉싸름한 맛, 독특한 향이 무척 매력적인데, 내장과 알 등의 독성은 가열해도 사라지지 않는다. 따라서 섭취할 때는 이 부분을 완전히 제거해야만 한다.

여름철에는 '메밀국수'를 자주 드셨다. 보통 메밀국수라 하면 판모밀을 떠올리기 쉽다. 하지만 문 대통령은 쯔유 국물에 메밀을 적셔 먹는 스타일이 아니라 냉면처럼 육수 안에 면이 있는 스타일을 좋아하셨다. 여름철 주말이면 어김없이 무즙, 고추냉이, 파를 올린 메밀국수에 등심으로 만든 바싹불고기나 양고기구이를 해드렸다. 그러면 늘 좋은 피드백을 받았던 걸로 기억한다.

역대 대통령들도 여름 별미로는 대개 메밀국수와 냉면을 선호하셨다. 이명박 대통령은 함흥식 물냉면을 특히 좋아하셨는데, 매번 한 가지만 올리자니 심심하실 것 같아서 비빔냉면과 물냉면의 양을 줄여 함께 드린 적도 있었다. 그 밖의 음식으로는 각종 전과 닭강정을 곁들였다. 매번 드시는 음식일수록 조금이라도 맛을 다르게 느끼시도록 하기 위한 연구와 시도였다.

그런데 문재인 대통령은 약간 편식을 하는 편이었다. 늘 드시던 음식만 드시는 편이라서 박근혜 대통령 때처럼 다양한 식재료를 공수해 새로운 시도를 하는 노력은 덜했다. 반면 매번 점심식사 때마다 위민관까지 가서 식사를 세팅해드려야 하는 수고로움은 있었다.

문 대통령이 취임한 후로는 점심은 관저 식당이 아닌 행정동인 위민관에서 드시도록 정례화되었다. 그래서 점심때가 되면 두 사람이 함께 들어야 하는 커다란 노란 박스에 음식을 데울 버너 2개, 각종 식재료와 식기들을 챙겨 위민관으로 갔다. 짐을 한 바구니 들고 위민관에 들어서면 시선이 집중되어 신경이 쓰이기도 했다. 문재인 대통령은 인수위도 없이 직무를 수행하셨으니 모르긴 몰라도 할 일도 몇 배 더 많으셨을 것이다. 일의 연속성을 위해서라도 위민관에서 점심을 드시는 게 여러모로 효율적이었다.

하지만 매일 점심을 모셔야 하는 우리 입장에서는 쉬운 일이 아니었다. 관저 주방에서 음식을 만들고 나서 별도로 박스에 담고 위민관에 챙겨가 다시 데워 세팅해야 했다. 다 드신 식기도 본관 주방에서 설거지한 후 관저 주방으로 다시 챙겨오는 식이었다.

문재인 대통령 때 행해졌던 특별한 안건은, 식사 비용에 대한 개인정산 시스템을 도입하는 일이었다. 국정운영과 관련된 항목 이외에 대통령 내외분이 가족, 혹은 사석에서 먹은 식사 비용을 별도로 지불하겠다는 것이다. 그래서 이른바 '청와대 가계부'가 생겼고, 주방에서는 매월 정산한 식대를 총무비서관실로 보냈다.

하지만 나는 그리 길게 하지 않았다. 문 대통령 재임 초반 때 청와대 주방을 떠났기 때문이다. 마지막으로 내가 대통령께 해드린 음식은 평소 좋아하시는 바지락과 모시조개를 가득 넣은 백짬뽕과 양장피였다. 그러고 보니 청와대 주방에 들어와 김대중 대통령께 처음 선보인 음식도 같은 메뉴였다. 대통령의 요리사로서 이곳에 들어와 만든 첫 요리와 마지막 요리가 같다니. 그래서인지 이 음식이 내게는 유독 남다르게 다가왔다.

문 대통령을 끝까지 모시지 못한 탓에 기억에 남을 만한 에피소드는 거의 없다. 그런데 지금도 궁금한 점은 한 가지 있다. 취임 초기 문 대통령께서 홀 직원에게 던졌다던 질문 내용이다.

"노무현 대통령 때 일한 주방 사람이 있는가?"

"어…, 없습니다."

문 대통령의 급작스러운 질문에 당황한 나머지 홀 직원이 나를 떠올리지도 못하고 엉뚱한 대답을 했다고 한다. 그런데 대통령은 그때 왜 그런 질문을 하셨을까? 노무현 대통령을 극진히 모셨던 나로서는 궁금해질 수밖에 없다. 그저 지금에 와 감히 추측해보건대 아마도 은연중 느껴지는 익숙한 맛과 향에서 이제는 아득해진 옛 친구의 모습을 본 것은 아니었나 싶다.

음식은 때로는 사람을 부른다. 그런데 참 아이러니하게도 비슷한 성향의 두 분을 모시고 싶었던 바람과는 달리 나는 오래지 않아 부득이하게 요리사직을 내려놓아야만 했다.

쓰디쓴 결심,
다디단 내일

문재인 대통령의 취임을 앞두고 있는 어느 시점이었다. 새로운 정권이 들어서면 대통령을 모시기 위한 시스템에도 많은 변화가 예상된다. 벌써 다섯 번째 정권 교체를 경험하는 나로서는 그때마다 준비사항이 별반 다르지 않다는 사실도 잘 알고 있다. 다만 중요한 것은 '거취 문제'였다.

사실 어찌 보면 그리 놀랄 일도 아니다. 청와대 내에서는 정권이 교체되면 밑에 일하는 사람들도 바뀐다는 특유의 정서가 깔려 있기 때문이다. 마치 하나의 관례와도 같은 것이었다. 사회에서도 다르지 않다. 기업이 합병되거나 CEO가 바뀌면 구성원에 대한 조직 개편이 일어난다. 물론 여에서 야로, 진보에서 보수로 정권이 바뀔 때마다 왜 모든 것이 바뀌어야 하는지에 대한 명확한 이유는 알 수 없다. 다만 추측하건대, 전임 대통령 사람들과의 관계에 대한 우려가 있거나 현 정권과 비교할 수 있다는 생각을 해서 그런 것이 아닐까 싶다.

청와대 요리사들도 역사의 흐름에 어깨를 나란히 한다. 김대중 대통령 때는 여에서 야로 정권이 바뀌면서 전원이 바뀌었다. 홀 직원 4명과 주방 직원 4명이 교체되어 당시 우리가 청와대 주방의 점령군이 된 상황이었다. 노무현 대통령 때는 취임 한 달 만에 신라호텔 출신들로 주방 인력이 바뀌었다. 그때 전체적으로 모든 것이 바뀌면 혼란이 생길 수 있으니 주방과 홀에 기존 인력 1명씩을 남기자는 이야기가 나왔다. 그 바람에 운 좋게도 내가 남을 수 있었다. 김대중 대통령이 워낙 중식을 잘 드셨기에 업무 평가가 좋았던 것도 하나의 이유로 작용했을 것이다.

그러다가 이명박 대통령이 취임하면서 다시금 주방에 변화의 바람이 불었다. 그때도 함께 입사했던 홀 직원과 나만 남아 있었는데, 그는 훗날 운영관으로 발령받게 되었다. 보통 운영관은 정권이 바뀌면 약속처럼 교체되는 분위기여서 당시 운영관도 이명박 대통령 때까지만 근무했다. 운영관은 별정직(특정 업무 수행을 위해 별도로 지정하는 공무원)이기 때문에 해당 정권의 사람이라는 인식이 특히 더 강하다. 그래서 정권이 바뀌면 운영관이 나가는 것은 너무나도 당연했다. 이후 박근혜 대통령 때는 운영관이 없어지고 본관 관리직 담당자가 그 역할을 대신했다.

물론 나에게도 고민은 있었다. 박근혜 대통령이 청와대를 떠날 무렵, 진로를 두고 잠 못 이루었던 것이다. 김대중 대통령을 모시기 위해 청와대 주방에 들어온 지 어느덧 20년의 세월, 이제는 유종의 미를 거두고 떠나는 게 맞지 않나 싶은 생각이 마음속을 헤집었다. 사실 10년이 지난 시점부터 고민의 무게를 더해왔었다. 하지만 대통령이 탄핵을 받은 시점에 나가고 싶지는 않았다. 자유로운 선택이라 할지라도 탄핵과 함께 쫓겨난 요리사로 인식될 것만 같은 분위기 탓이었다. 대통령의 요리사로서 지난 시간 동안 쌓아온 명예와 긍지를 한순간에 날려버릴 수는 없었다.

하지만 다섯 번째 정부가 들어서면서 나의 생각도 조금씩 달라졌다. 요리사들의 근무조건과 처우 등에 작은 변화가 생겼기 때문이다. 일단 오랫동안 지냈던 관사를 반납해야 했고, 월급에 포함되는 보조금을 포기해야 했다. 이는 다른 직원들도 마찬가지였다. 한편으로는 나랏일을 전혀 이해하지 못하는 바도 아니었다. 모든 것은 투명한 국정운영의 전환과 쇄신에 그 목적이 있었기 때문이다.

이제 인생 2막을 위해서라도 결단이 필요한 시점이었다. 그때 비로소 달라붙은 입술을 떼고 명예퇴직하겠다는 의사를 청와대에 전달했다. 하지만 청와대 직원 중에서 명예퇴직을 하는 경우는 많지 않았고 그마저도 퇴직 조건을 맞추기가 어려웠다. 근무하는 동안 주방업무는 물론 금융거래, 개인사까지 모든 면에서 문제가 없어야만 명예퇴직이 가능했기 때문이다.

하지만 나는 깐깐한 뒷조사를 거쳐 명예롭게 퇴직할 수 있었다. 그렇게 청와대 요리사로서 보낸 기나긴 여정도 어느덧 마침표를 찍었다. 섭섭하면서도 한편으로는 홀가분했다. 다섯 분의 대통령의 모신 요리사로서 오직 자부심과 긍지만을 가슴 속에 단단히 새기자고 굳게 마음먹었다. 퇴직 무렵에는 서운한 마음도 들었지만 막상 청와대를 떠나는 날에는 그동안 주방에 몸담았던 나 자신을 위로할 만큼의 심적 여유가 생겨나 있었다.

"그래, 이만하면 잘했다."

그 친구,
지금 어딨습니까?

김대중 대통령을 모시는 일로 얼떨결에 시작된 나의 청와대 생활은 '20년 4개월간 다섯 분의 대통령을 모신 최장수 청와대 요리사'라는 영광스러운 타이틀을 만들어주었다. 제법 긴 세월을 함께했던 정든 주방 이곳저곳을 물끄러미 바라보고 있자니 시원섭섭한 마음과 함께 스스로에 대한 대견한 마음도 들었다. 그동안 고생 많았다고 칭찬해주고 싶었고, 더 늦기 전에 두 번째 인생을 살자고 격려도 해주고 싶었다.

대통령을 모시면서 즐겁고 보람찼던 일들은 참으로 많았다. 직원들과 함께 주거니 받거니 피어났던 수많은 희로애락의 순간들,

임기를 마친 대통령이 전했던 감사의 인사까지…. 이 모든 기억을 하나씩 더듬어 떠올리다 보니 그동안의 노고와 서운함이 눈 녹듯이 사라졌다.

청와대 요리사들은 길게는 5년 짧게는 2년 내외로 일하는데 누가 무슨 이유로 나가든지 간에 마지막 날에는 서로 대화가 별로 없다. 가는 사람과 남는 사람 모두 서운함과 아쉬움이 공존하고 있기 때문이다. 특히 어느 조직이든 떠나는 사람은 말 못 할 사연 하나쯤은 갖기 마련이지 않나.

나의 마지막 날도 예외는 없었다. 주방에는 냉랭한 기운마저 감돌았다. 주방 팀 직원들은 내가 나간다는 사실을 미리 알고 있었기에 담담하게 작별인사로 감정의 매듭을 마무리했다.

"열심히 잘 모셔라."

나의 마지막 인사말이었다. 떠나는 날에는 별다른 말 없이 잘 지내라는 인사말만 오갔지만, 나중에 들어보니 보내고 나서 착잡한 심경을 나누었다고 한다. 그렇게 나의 청와대 요리사로서의 여정은 마무리되었다.

그렇게 얼마나 흘렀을까. 청와대에서 요리사로서 소임을 다하고 사회로 돌아와보니 여기저기서 찾는 사람이 많았다. 각종 뉴스와 신문 매체는 물론, 요리와 예능프로까지 그 수를 헤아리기 어려웠다. 때마침 지인으로부터 전화가 한 통 걸려왔다. 그런데 놀라지 않을 수 없었다. 그 출처가 청와대라는 사실 때문이었다. tvN 예능 '유 퀴즈 온 더 블럭'에 출연한 것을 문재인 대통령이 어떻게 아시고 직접 홀 직원을 통해 나의 안부를 물어오신 것이다.

"그 친구, 지금 어딨습니까?"

문 대통령은 내가 그만둔 사실을 몰랐다. 청와대에서 일하는 직원 수만 약 500명에 달한다. 그러다 보니 대개 대통령들은 직원들이 나가도 일일이 소식을 알 수 없다. 하지만 관저 주방 식구들은 다르다. 대통령 가까이서 직무를 수행하기 때문에 비서관이나 운영관이 이야기를 전하기도 하는데 하필 그날만 전달이 안 된 모양이었다. 그 소식을 듣자 다시금 청와대 주방을 떠나올 무렵의 복잡한 소회가 떠올랐다. 또 한마디 안부를 물어주셨다는 사실만으로 문득 전해지는 작은 온기를 느낄 수 있었다.

남북정상회담과
세 번의 만찬

대통령의 요리사로 오래 일했다는 이유로 사람들이 나에게 궁금해하는 청와대 이야기가 많다. 그들이 공통적으로 궁금해하는 내용은 대부분 대통령의 사생활과 기밀사항에 가까운 것들이라 말해줄 수 없다. 하지만 일반인들이 잘 알 수 없는 청와대 행사 뒷이야기나 음식에 얽힌 요리법과 후일담은 어느 정도 선까지 들려주곤 한다. 그중 하나가 바로 정상회담과 관련된 에피소드다.

청와대에서 일하는 동안 수많은 행사를 치렀지만, 그중 가장 기억에 남는 경험은 '남북정상회담'이다. 온 국민의 최대 관심사이기도 하고 무엇보다 만찬메뉴가 그 어느 행사보다 중요한 의미를 담고 있어서다. 그 때문에 청와대 요리사들도 온탕과 냉탕을 오가는 남북 관계에 적지 않은 영향을 받는다.

내가 청와대에서 일하는 동안 총 세 번의 남북정상회담이 개최되었다. 2000년 6월 평양에서 열린 김대중 대통령과 김정일 국방위원장의 만남은 분단 이후 55년 만에 처음으로 남북 정상이 만나는 화합의 자리였다.

2002년은 한일월드컵으로 온 나라가 열광의 도가니였다. 그리고 대표팀의 선전으로 전 국민이 열광하던 바로 그때 서해교전이 일어났다. 서해 NLL에 북한 경비정이 나타나 해군을 향해 기습 공격을 감행한 사건이었다. 이런 민감한 소식을 접할 때면 청와대 요리사들도 염려가 먼저 앞선다. 그래서 되도록 소화가 잘되는 음식으로 준비하고 서비스할 때도 실수하지 않도록 주의한다. 북한과의 냉전 분위기만으로도 청와대 내 분위기가 사뭇 달라지기 때문이다.

그 후, 2007년 10월 평양에서도 노무현 대통령과 김정일 위원장 간의 정상회담이 있었다. 이명박 대통령과 박근혜 대통령 재임 기간에는 남북정상회담이 이루어지지 못했다. 하지만 다시 문재인 정부가 들어서면서 2018년 판문점 평화의 집에서 김정은 위원장과의 역사적인 만남이 이루어졌다.

2000년 남북정상회담이 있을 때는 청와대 홀 팀장 2명이 차출

되어 평양에 있는 북한 요리사들과 협업했다. 당시 남측이 주최하는 만찬은 한복려 궁중음식연구원장의 진두지휘 하에 궁중요리를 응용한 코스요리로 진행되었다. 그런데 역대 남북정상회담 현장에는 운영관만 참여하고 청와대 요리사들은 가지 않아 아쉬웠던 기억이 난다. 각각의 수장을 모시는 남북 요리사들이 음식으로 소통할 수 있는 아주 좋은 기회였는데 말이다. 하지만 가까이서 행사의 준비 과정을 접할 수 있는 것만으로도 뜻깊었다.

정상만찬은 단순한 식사가 아니라 정치의 연장이다. 또 소통에 있어 아주 중요한 역할을 담당한다. 특히 음식의 식재료가 담고 있는 다양한 소재는 만찬 시 흥미로운 이야깃거리를 제공하기도 한다. 그래서 청와대 의전팀에서는 외국 정상들과의 만찬 때 한국의 식문화를 알리고, 상대국 정상에 대한 예의와 존중을 담은 메뉴를 정하는 것이 원칙이다. 아울러 취향과 식성은 물론 회담 주제와도 잘 맞도록 여러 가지 요소를 고려한다.

특히 남북정상회담의 경우 회담 자체가 주는 긴장감 때문에 부드럽게 대화를 풀어가는 음식의 역할이 무엇보다 중요하다. 오랜 세월 냉전과 화해를 반복하며 긴장감을 유지해오고 있지만 비슷한 음식문화를 바탕으로 한민족의 유대를 돈독히 하는 데 주안점을 둔다.

2000년 회담 때는 북측이 주문한 음식 때문에 김정일 국방위원장이 직접 나올 것이라 예측할 수 있었다. 당시 우리 측에서 마련하기로 한 둘째 날 답례 만찬 메뉴로 북측이 궁중요리를 요청해왔기 때문이다. 궁중요리는 예나 지금이나 특별한 메뉴이기 때문에 김 위원장이 참석할 거라는 메시지를 간접적으로 전달한 것이나 다름없었다. 북측의 메뉴 선정으로 안도의 한숨을 내쉰 우리는 안심하고 정상회담을 준비할 수 있었다.

메뉴는 김치튀각, 석류탕, 유자향, 은대구구이와 사합찜, 신선로와 비빔밥 등으로 구성된 궁중요리였다. 그때 평양으로 파견 나갔던 문문술 운영관의 후일담을 들어보니 만찬 식사 후 김정일 국방위원장이 음식에 대해 아주 만족했다고 한다. "남측 음식은 맛있는데, 개성식이야."라며 웃었다는데 이때 '개성식'이라는 말은 '양이 적다'는 의미도 가지고 있었다. 대식가로 소문난 김 위원장에게 그날의 요리가 양이 모자랄 만큼 맛있었다는 찬사였던 셈이다.

김대중 대통령은 북측으로부터 평양온반과 깨즙을 곁들인 닭고기, 옥돌불고기, 생선전, 채소튀김, 청포냉채, 설기떡, 인삼차 등을 대접받았다. 그때 드신 북한 요리들의 맛이 좋으셨던지 가장 기억에 남는 메뉴로 평양온반을 꼽으시기도 했다. 이후 청와대에서 각종 정보를 입수해 평양온반을 그대로 재현해드린 적도 있었다.

2007년 남북정상회담도 평양에서 이루어졌다. 노무현 대통령과 김정일 위원장이 함께하는 보기 드문 장면이었다. 북측이 개최

한 환영만찬에는 거위구이인 게사니구이, 배와 밤을 채 썬 배밤채, 오곡찰떡 등의 메뉴가 올랐다. 평양 인민문화궁전에서 있었던 우리 측의 답례 만찬은 '팔도 대장금 요리'를 주제로 한 남쪽 지방의 토속요리였다.

제주흑돼지를 이용한 맥적貊炙과 누름적, 고창 풍천장어구이, 횡성한우 너비아니구이와 오대산의 자연송이구이, 전주비빔밥과 토란국, 영광의 굴비구이 등의 팔도 대표 음식들을 준비해갔다. 전주비빔밥은 남북화합을 상징하는 메뉴로 평양의 냉면, 개성의 탕반과 함께 조선시대 3대 음식의 하나로 꼽혀 왔다.

특히 이 무렵 드라마 '대장금'의 인기가 대단했기에 드라마 속 음식인 영덕게살 죽순채와 봉평메밀쌈을 그대로 재현해냈다. 이 때 남북 인사들이 음식에 들어간 소스가 무엇인지 맞히는 과정에서 자연스럽게 이야기를 나누며 분위기가 좋아졌다는 에피소드는 유명하다. 정답은 '홍시소스'였다. '홍시맛이 나서 홍시맛이 난다고 했을 뿐이온데 왜 홍시맛이 나냐 하시면…'으로 끝나는 드라마 '대장금'의 명대사가 떠오르는 대목이다. 뒤이어 복분자소스를 바른 풍천장어구이를 먹을 때는 속설로 전해지는 '요강 뒤집히는 이야기'에 다들 웃음을 터트리며 긴장감이 완화되었다고 한다.

이런 디테일한 아이디어와 팔도 대장금 요리 콘셉트는 당시 만찬을 총지휘한 이춘식 쉐라톤워커힐호텔 조리팀장과 청와대 의전실에서 함께 만들어낸 결과물이다. 그런데 만찬의 결과는 좋았지만 준비과정은 순탄치 않았다. 관련 에피소드를 들으면 마치 그 자리에 있는 것 같은 긴박함이 느껴질 정도였다. 행사를 준비하는 요리사들이 가장 긴장하는 것 중의 하나가 음식을 제때 서비스하는 일인데, 그때도 타이밍을 놓칠 뻔한 긴박한 상황이 벌어졌던 것이다.

남측에서 가져간 모든 요리 재료는 만찬 당일까지 냉장 혹은 냉동 상태로 준비되어 있어야 한다. 그래서 요리 준비 과정상 타이밍이 아주 중요하다. 물론 아무리 남북이 자랑하는 베테랑 조리사들이 모였다 해도 언어나 문화 차이가 있는 것이 엄연한 현실이다 보니 일의 진척이 더딜 수밖에 없다. 결국 준비가 다 되지 않은 상황에서 만찬 시간을 약 30분 남겨놓는 사태에 직면하기까지 이르렀다. 때마침 회담이 길어져 답례 만찬이 1시간 늦춰졌기 망정이지, 그게 아니었으면 비상사태가 벌어지는 일촉즉발의 상황이었다.

역사적인 만찬을 앞두고 완성도 있는 음식을 정확한 타이밍에 모시고자 했던 요리사들의 마음이 어땠을지는 굳이 그 순간을 함께하지 않아도 충분히 헤아릴 수 있다. 그런 행사장에서는 음식을 만드는 사람이 가장 열악한 상황과 시간에 쫓겨 일한다는 사실을 누구보다 잘 알고 있기 때문이다. 성공적인 만찬 소식이 더없이 기쁜 이유였다.

후일담은 이것으로 끝이 아니다. 2000년 남북정상회담 직후 남북 요리사들이 진한 동포애를 나눈 사연은 여전히 우리 모두의 기억 속에 박제된 한 장의 사진으로 남아 있다. 행사를 마친 조리실에서 뒷정리도 하지 않은 채 '우리의 소원은 통일'을 어깨동무를 하며 큰소리로 불렀던 것이다. 진정한 남북화합을 그날 주방에서 요리사들이 먼저 이룬 셈이었다. 나도 그 자리에 함께 있었으면 좋았겠다는 아쉬움은 컸지만, 눈물 없이 볼 수 없는 그날의 연대는 짐작이 가고도 남았다.

이렇게 남북정상회담이 무사히 끝나면 청와대 주방에는 늘 자연송이가 넘쳐났다. 김대중 대통령 때부터 시작된 송이 선물은 무려 그 양만 3톤에 달했다. 이후, 노무현 대통령 방북 때 함북 칠보산에서 캔 송이버섯 4톤을, 문재인 대통령 때는 다시 2톤을 선물로 보내왔다.

자연송이는 빠른 시일 안에 소진해야 하는 귀한 식재료라서 여야 국회의원과 당대표, 참모들에게 선물로 보내는 것이 통상적이다. 당시 정계에서는 이 선물을 받지 못하면 유력인사가 아니라는 우스갯소리까지 나돌았다. 이렇게 선물하고 남은 것은 대통령 내외분의 식단에 넣었다. 북한에서 자연을 담은 선물이 도착하고 난 2주 동안은 청와대 주방 안에 송이 냄새가 가득하다. 말 그대로 생생한 자연의 향기다. 만약 화합에도 향이 있다면 바로 이런 내음이지 않을까 생각했다.

요리사 입장에서는 북한산 자연송이와 양양의 자연송이가 풍미상 별반 다를 게 없다. 하지만 남북정상회담이 낳은 화답의 선물이기에 그 어떤 식자재보다 귀하게 다루게 된다. 자연송이 본연의 맛과 향을 대통령께서 느끼실 수 있도록 송이구이, 송이죽, 송이탕 등 최대한 신경을 써서 만든다. 잠시나마 두 정상의 역사적이고도 화기애애한 만찬을 되새기실 수 있도록 정성을 다하고 싶은 것이 대통령을 모시는 요리사들의 마음이다.

청와대의
35그루 이야기

어느덧 청와대가 개방된 지도 1년이 넘었다. 한때는 무소불위의 권력자들이 영욕의 세월을 보낸 이 공간을 이제는 사계절 누구나 찾아와 직접 걷고 보고 느낄 수 있다. 하지만 내가 청와대에 들어갈 당시만 해도 이곳은 굳게 잠긴 비밀의 성이었다. 직원들조차 대통령이 머무는 관저 쪽으로 들어갈 때 비표를 받아야 했으니 외부 인사들에게는 그야말로 철옹성과도 같았을 것이다.

매일 새벽 평창동 관사에서 출발해 청와대 주방으로 향하던 그 길이 이제 꿈길처럼 아득하게만 느껴지는 것은 왜일까. 지난봄 한 언론사와의 인터뷰로 청와대를 찾아 곳곳을 걷다 보니 새삼 감회가 새로웠다. 수많은 관광객으로 붐비는 본관, 녹지원, 상춘재는 20년 넘게 매일같이 드나들던 그때와 느낌이 사뭇 달랐다.

청와대는 사계절 내내 각기 다른 아름다움을 보여주지만 가장 좋은 때는 뭐니 뭐니 해도 봄과 가을이다. 연녹색 나무들 사이로 벚꽃이 피고 지는 봄에는 모든 근심을 내려놓고 그 풍경을 바라보게 된다. 또 가을을 붉히는 단풍나무와 은행나무를 마주할 때면 온 정신이 말 그대로 황홀해질 지경이다. 여름과 겨울의 청와대도 남다른 정취가 있다. 특히 한여름 출근길에 나무들 사이를 걷고 있으면 피톤치드가 올라와서 더없이 상쾌하다. 청와대의 겨울 풍경은 낯선 정취가 있다. 이파리는 떨어지고 나무들은 앙상해져 스산할 법도 한데, 눈 내린 다음 날 보이는 발자국 하나 없는 풍경이 낭만적이다. 특히 대식당 쪽에서 인수문을 바라보면 들어오는 한옥의 고즈넉한 풍경이 감탄사를 자아낸다.

나는 노송을 배경으로 한 상춘재의 풍경을 참 좋아했다. '항상 봄처럼'이라는 뜻을 지닌 상춘재는 외국 국빈들을 위한 만찬 장소로 주로 사용되었다. 청와대 내에서 우리나라 전통가옥을 체험하기 가장 좋은 공간으로 200년 넘은 소나무와 푸르른 잔디밭이 손님을 들이기에 적격이다. 녹지원도 청와대 내에서 손에 꼽을 정도로 아름다운 곳이다. 120종이 넘는 나무들 덕분에 사계절 내내 풍경이 바뀌는데 이곳에 있는 역대 대통령들의 기념식수가 그 특별함을 더한다.

매해 식목일마다 심어진 35그루의 역사가 곳곳에서 자라고 있다. 영빈관에는 박정희 대통령의 가이즈카향나무, 백악교에는 이승만 대통령이 심은 전나무, 본관에는 노태우 대통령의 구상나무, 소정원에는 박근혜 대통령의 이팝나무와 이명박 대통령의 무궁화나무, 영빈관 앞에는 김대중 대통령의 무궁화나무가 심겨 있다. 김대중 대통령이 심은 무궁화나무의 한 종류인 홍단심은 2000년 6월 평양에서 첫 남북정상회담을 마치고 이를 기념해 심은 것이다.

식수행사가 있을 때면 올해는 무슨 나무가 심어질지 궁금해지곤 한다. 해마다 있는 연례행사이지만 해마다 언론에 공개될 정도로 나무마다 각기 다른 의미를 담고 있기 때문이다. 문재인 대통령은 2018년 4월 5일 여민1관 앞에서 식수를 진행했다. 자신의 나이와 가장 가까운 수령을 가진 60~70살의 소나무들이었다. 상춘재에는 동백나무를 심었다. 그리고 퇴임을 앞둔 해에도 어김없이 녹지원에 식수를 했다. 그때는 제19대 대통령이라는 상징적인 숫자에 맞춰 19년 된 모감주나무를 심은 것으로 알려졌다.

대통령의 식수 중에 가장 인상 깊었던 것은 박근혜 대통령과 노무현 대통령의 나무 이야기다. 박근혜 대통령이 취임한 2013년 식목일날 소정원에 심은 이팝나무가 가장 많이 회자되었던 것 같다. 국회의원 시절 지역구였던 대구 달성의 이팝나무를 가져다 심은 것인데, 아버지 박정희 대통령과 인연이 있어서 더 그랬던 것 같다. 박정희 대통령도 청와대에 같은 나무를 심었는데 가난을 극복하고자 하는 의지를 담았다고 전해진다.

이팝나무는 5월경에 꽃을 피우면 꽃잎 하나하나가 밥알 같아서 그 모습이 마치 밥그릇에 쌀밥이 수북하게 담긴 것처럼 보인다. 아마도 국민들이 보릿고개를 견디고 흰쌀밥을 먹게 되길 바라는 간절한 마음이었으리라. 취임 후 다시 찾은 청와대에서 아버지가 식수한 나무를 본 박근혜 대통령의 마음은 어땠을까? 모든 식수 행사가 있은 뒤 박 대통령이 심은 이팝나무를 보며 문득 그런 생각을 했었다.

그래도 30그루가 넘는 대통령의 기념식수 중 가장 인상적인 나무는, 관저 바로 앞에 우뚝 솟아 있는 세 그루의 소나무라 할 수 있겠다. 이 나무들은 2명의 전직 대통령과 깊은 연관이 있다. 바로 노태우 대통령과 노무현 대통령이다. 1991년 노태우 전 대통령이 관저 준공 기념식수로 세 그루를 먼저 심었다. 그런데 그만 한 그루가 말라죽고 말았다. 이를 알게 된 노무현 대통령이 2003년 취임 후 첫 식목일날, 바로 그 자리에 남아 있던 두 그루의 나무와 키가 제법 어울리는 새 소나무를 심었다.

소나무는 노무현 대통령을 떠올리는 상징과도 같았기에 첫 기념식수로 알맞다고 생각했었다. 그런데 전직 대통령의 나무가 죽은 자리에 자신의 첫 나무를 심다니 놀라울 따름이었다. 김대중 대통령이 심은 느티나무 옆에 서어나무 한 그루도 추가로 심으셨다. 이 나무는 꽃이 아름다운 것도 아니고 열매가 열리는 것도 아닌, 목재로도 별 쓰임이 없는 그저 평범한 나무에 불과했다. 그런데 왜 하필 이런 나무를 심으셨을까? 나는 이 나무가 세상의 모든 것을 귀하게 여기는 노 대통령의 마음을 닮았다고 생각했다.

청와대의 식수 이야기는 여기서 끝나지 않는다. 감나무를 빼놓을 수 없기 때문이다. 청와대에는 수궁터 주변을 비롯한 경내 곳곳에 스무 그루가 넘는 감나무가 있다. 김영삼 전 대통령의 부인 손명순 여사는 감을 좋아해 상춘재에 있던 홍시를 직접 따서 드셨을 정도라고 한다. 그 외에도 청와대 감나무의 감을 수확해 국빈 만찬에도 사용했다. 트럼프 대통령 만찬 때 후식 메뉴였던 수정과에 들어간 감도 청와대 관저에서 말린 것을 썼다.

청와대 감나무는 그 뒤로도 유명세를 탔다. 청와대 곶감은 김정숙 여사가 직접 깎고 말려 춘추관 기자들과 다문화가정에 선물하며 이름값을 더했다. 곶감으로 말리기에는 단감나무가 제격이라 하루 날을 잡아 정리원과 요리사들이 함께 감을 땄다. 그 감을 관저 처마에 매달아 전통방식으로 말리는데 그 광경이 언론에 보도되기도 했다.

관저에서는 가을이 오면 늘 감을 따는 데 쓸 도구와 바구니를 준비해놓았다. 노무현 대통령과 문재인 대통령 내외도 주말에 청와대 산책을 하실 때면 으레 감을 따러 다니셨다. 올가을도 청와대 곳곳에는 감이 먹음직스럽게 익어갈 것이다.

음식과 천명

수년간 오직 한 사람을 위해 음식을 한다는 것은 결코 쉬운 일이 아니다. 보통의 업장에서는 정해진 메뉴에 한해 주요 식재료를 바꿔가며 균일한 맛을 유지하는 데 집중한다. 하지만 단 한 사람의 삼시세끼를 만드는 경우에는 매번 다양한 메뉴와 조리법을 개발하고, 제철 식재료를 그때그때 공수해야 하는 등 고민해야 할 사항들이 훨씬 더 많다.

호텔 조리팀은 긴 세월 동안 일을 하면 직책도 올라가고 업무 내용도 달라진다. 하지만 청와대 주방 팀의 요리사는 팀원으로서 마지막 순간까지 같은 업무를 지속해야 한다. 요리와 관련된 일들은 기본적으로 모두의 일이다. 또 직급이나 나이에 상관없이 다함께 주방 하수구를 파고 통풍기를 닦는 등 솔선수범한다. 물론 이렇게 한마음으로 한결같이 일하는 요리사들도 보이지 않는 질투를 한다. 대통령이 식사를 하고 난 후의 접시를 보는 순간 말 그대로 희비가 엇갈리기 때문이다. 그럴 때는 해당 요리를 담당한 요리사가 빨리 상황을 판단하는 것이 중요하다.

노무현 대통령 때의 일이다. 당시 청와대 양식 요리사가 정통코스를 아주 잘했다. 그런데 안타깝게도 노 대통령의 입맛에는 다소 느끼했나 보다. 어쩐지 매번 음식을 다 드시지 않으셨다.

이런 일이 반복되면 요리사의 고민도 깊어질 수밖에 없다. 6개월 동안 갖은 스트레스를 받으며 최선을 다했지만 이대로는 안 되겠다는 판단에 과감하게 양식을 서양식에서 한국식으로 바꾸었다. 그는 신라호텔에서 경력을 쌓아온 베테랑 양식 요리사였기 때문에 각고의 노력 끝에 5년 동안 무사히 노무현 대통령을 모실 수 있었다. 이런 결단과 용기도 셰프의 '능력'이다. 다행히도 나는 지난 20년 동안 이런 마음고생은 하지 않았다. 중식이 나가는 날에는 음식이 남는 일이 거의 없었기 때문이다.

청와대에 있는 동안 이렇게 한 사람을 모시는 마음으로 대중을 위한 음식점을 한다면 절대로 실패하지 않는 오너셰프가 될 수 있겠다고 생각했던 적이 있다. 그리고 그때의 초심을 그대로 간직한 채 드디어 나만의 공간에서 손님들을 모실 기회가 찾아왔다. 문재인 대통령이 취임한 지 1년 2개월 만에 기나긴 청와대 요리사 생활에 마침표를 찍게 된 것이다.

2018년 7월 31일 자로 퇴직한 후 그해 10월쯤부터 가게를 알아보기 시작했다. 가장 먼저 청와대 근거리에 위치한 시청 쪽 자리를 수소문했다. 최소 50평 정도 규모의 중식당은 차려야 메뉴판에 정식요리도 포함할 수 있을 것 같았다. 그런데 막상 알아보니 가게를 얻는 금액이 예상보다 훨씬 컸다. 도통 엄두가 나지 않았다. 그렇게 한동안 고민하다가 마음을 바꾸기에 이르렀다. 이럴 바에는 몇 달 쉬고 전방위적으로 가게를 물색하겠다는 생각에서였다. 청와대에 있는 동안 가족들과 보낸 변변한 휴가도 없었기에 연말까지는 그저 원 없이 쉬기로 마음먹었다.

그러던 중 부동산에서 불쑥 연락이 왔다.

"광화문 르메이에르 건물에 중식당 자리가 하나 났는데 보러 오시겠어요?"

"몇 평이나 되는데요?"

"20평 정도로 크진 않아요. 그런데 장사가 잘되는 자리예요. 한번 와서 보실래요?"

실제로 가보니 점심시간 때 손님들 줄이 꽤 있었고, 요리를 하지 않는 식당이라 테이블 회전율도 빨랐다. 여기라면 지금 나의 초기자본 규모에도 알맞고 단시간에 승부를 볼 수 있겠다는 자신감이 생겼다. 길게 고민하지 않고 며칠 만에 계약을 마무리했다. 워낙 장사가 잘되는 가게이다 보니 근처 은행에서 저렴하게 이자를 줄 테니 대출을 받으라고 할 정도였다.

일단 '광화문 짬뽕'이라는 기존 가게 이름은 그대로 사용하기로 했다. 나만의 브랜드를 만드는 대신 기존 상호를 가져간 이유는, 워낙 장사가 잘되던 식당이라 인근 직장 단골손님들이 많았고 상호 자체도 상권 특성을 잘 반영하고 있다고 생각했기 때문이다.

중화요리집을 하기에는 장소가 협소했기 때문에 추가할 수 있는 메뉴에도 한계가 있었다. 게다가 그 상권에서는 요리의 가짓수가 많은 것이 마케팅상 적합하지도 않았다. 그러니 굳이 식당의 정체성을 바꿀 필요가 없었다. 그래서 계약할 때 상호와 특허까지 모두 인수했다. 입지의 특성을 십분 고려한 전략적 선택이었다.

다만 짬뽕 레시피는 내 방식으로 조정했다. 기존에 팔던 메뉴판에 간단히 곁들일 수 있는 요리 몇 가지를 더 추가했다. 여기에는 김윤옥 여사의 논현동 닭강정을 나만의 레시피로 바꾼 메뉴도 포함되어 있었다. 그렇게 광화문 짬뽕을 성공적으로 운영하던 중 3년 차에 지금의 양재동에 있는 '천상현의 천상'을 함께 준비해나갔다. 정식요리를 낼 수 있는 규모의 중식 레스토랑을 열겠다는 결심을 하게 된 것이다. 무엇보다 '유퀴즈 온 더 블럭'에 출연한 이후 손님들이 물밀 듯이 오면서 좁은 주방은 더욱 난리 북새통을 이루었다.

급기야 광화문 짬뽕을 오픈한 이래 처음으로 저녁이 되기도 전에 재료가 소진되었다. 2021년 2월 방송이 나가고 벌어진 일이었다. 매일 홍합 50킬로그램씩을 삶아도 저녁 손님을 제대로 받을 수 없었다. 홍합은 삶아놓으면 부피가 세 배로 불어나는데 좁은 주방에서 감당하기 힘들 정도였다. 당시에 직원들 월급을 두 배 올리면서까지 풀타임 근무를 강행했지만 역부족이었다. 아침 10시 30분부터 손님들이 끊이지 않고 줄을 섰다.

그 기간 승인된 신용카드 데이터를 분석해보니 항상 점심을 먹으러 오던 회사원들 비중이 채 10퍼센트도 되지 않았다. 원래 회사원들 비중이 100퍼센트에 가까웠는데 그 무렵에는 전국 각지에서 손님들이 왔던 것이다. 이분들을 줄 서서 기다리게 하는 것도 죄송했지만, 재료 소진으로 돌려보낼 때는 정말 어찌할 바를 몰랐다. 그렇게 6개월 동안 손님들의 행렬이 줄기차게 이어졌다.

그 무렵 지인의 소개로 양재동 하이브랜드 회장님으로부터 가게 자리를 저렴하게 내주겠다는 제안을 받게 되었다. 그때는 계약을 위해 여러 가지를 고민해야 했다. 일단 입지 자체가 광화문과는 비교할 수 없을 정도로 열악했기 때문에 업계와 대학 선후배 20여 명을 데리고 가서 직접 조언을 구했다. 그런데 모두가 이구동성으로 반대했다.

"상현아, 다 죽은 상권에 무슨 가게를 낸다는 거냐. 여기는 안 된다."

"손님이 유입될 거리가 없는데 무슨 배짱으로 가게를 연다는 거야?"

그들의 말은 일리가 있었다. 쇼핑몰 자체가 시내 입지에 비하면 거의 허허벌판 수준에 가까웠고 텅 비었다는 느낌이 들 정도로 한산했다. 하지만 개인적인 생각은 조금 달랐다. 이 정도 규모의 중식당을 시내에서 열려면 족히 7, 8억 원의 자금이 필요하다. 그런데 여기서는 초기 투자비용이 1억 원에서 많아야 1억 5천만 원이면 충분했다. 그리고 나에게는 '대통령의 요리사'라는 특별한 훈장이 있지 않나.

나의 업장을 단 한 번이라도 방문한 손님은 모두 충성고객으로 만들 자신이 있었다. 그 덕에 차츰차츰 입소문도 날 것이 분명했다. 사람들은 이런 나를 향해 용기가 대단하다고 했다. 하지만 그것은 용기가 아니라 한결같이 걸어온 나의 지난 발자취에 대한 믿음으로 내린 결정이다. 6개월 안에 승부를 보겠다는 나의 결심은 그렇게 현실이 되었다.

코로나19 위기경보 3단계 때 오픈했는데도 한 달에 7, 8천만 원씩 매출을 올렸다. 인근에 몇 군데 회사가 있었는데 회사원들이 점심때 식사를 하고 가면 그 주 주말에 다시 가족과 함께 방문했다. 덕분에 열악한 상권에서도 오픈 한 달 만에 높은 매출이 나올

수 있었다. 음식에 보장된 맛과 정성 그리고 확신까지 더해진다면
고객들은 반드시 찾아온다는 나의 믿음이 옳았다.

다섯 분의 대통령이
가르쳐준 교훈

대통령의 요리사로 일하는 동안 한시도 하는 일 없이 보낸 적은 없었다. 해외순방에 동행하지 않아도 주방에서는 늘 할 일이 있었다. 그런데 박근혜 대통령이 청와대를 떠난 후, 한동안은 정리 정돈 이외에 일거리가 없었다. 하지만 무기력하게 계속 시간을 흘려 보낼 수만은 없는 노릇이었다. 그래서 새로운 대통령의 인수위가 개편될 때까지 해야 할 일을 찾기 시작했다.

그 무렵 참으로 감사하게도 나에게 CCCClub des chefs des chefs의 일원으로 활동할 기회가 주어졌다. 1977년 설립된 '대통령 수석 셰프들의 모임'이라는 모임의 존재를 알게 된 것은 박근혜 대통령 시절 열렸던 한불 수교 100주년 기념행사 때였다. 2016년 3월 프랑스 엘리제궁의 수석 셰프 기욤 고메즈가 신라호텔에서 개막 리셉션으로 VIP 초청 디너행사를 진행했다. 그리고 〈중앙일보〉와의 인터뷰에서 이렇게 언급했다.

"왜 CCC 멤버에 한국의 대통령 요리사는 없나요?"

그날 나 말고도 서너 명의 요리사들이 그 기사를 봤다. 우리는 아예 이런 국제적인 모임이 있다는 사실조차 몰랐기에 그저 신기해하고만 있었다. 그런데 갑자기 CCC 모임에 큰 관심이 생겼다. 다섯 분의 대통령을 모신 요리사로서 충분한 자격을 갖추고 있다는 자신감과 함께 그 명예로운 행사에 꼭 한번 참석하고 싶다는 욕심도 생겼다. 게다가 그날 함께 기사를 본 요리사들 모두 내가 가장 오래 근무했다는 이유로 나에게 가입을 권유했다.

하지만 가입 후에도 구체적인 활동은 하지 않았다. 보수적인 청와대 정서상 보안 문제 등을 이유로 경계할 우려도 있었고, 대통령을 모시는 일에만 집중하지 왜 가입을 하냐며 입방아에 오를 가능성도 컸다. 이 점은 외국 대통령의 셰프들이 처한 환경과는 천지 차이다. 실제로 그들을 만나보니 대통령을 모시면서 자신만의 브랜드를 런칭해 개인사업을 하는 사람도 있었다. 하지만 우리나라는 그동안 CCC에 가입한 요리사가 단 1명도 없을 정도로 교류가 없었고, 공무원 신분이라는 제약이 상대적으로 크게 작용하는 편이었다.

따라서 공식적인 CCC 활동은 문재인 정부 1년 차가 지날 무렵 비로소 가능해졌다. 마침 그때 캐나다 몬트리올에서 CCC 총회가 열리니 한국 대표로 참석하라는 연락을 받았다. CCC 총회는 국가 원수의 개인 요리사들이 매년 다른 나라에 모여 그 지역의 미식을 탐구하고, 다양한 요리 활동과 자선행사를 통해 서로의 열정을 공유하는 자리다.

소식을 들은 직후에는 선뜻 참석할 용기를 내지 못했다. 개인적인 활동이기에 한참을 망설였던 것이다. 그러다가 이대로는 아무것도 하지 못한 채 청와대를 나가겠다는 생각에 김정숙 여사께 보고드리기에 이르렀다. CCC 멤버는 청와대를 나오는 순간 탈퇴되기 때문에 현직에 있을 때만 활동이 가능했다.

대통령의 해외 순방길에 동행한 적은 많지만 개인적인 일로 해외에 나갈 일은 없었다. 여름휴가도 대통령의 휴가 일정에 맞춰 움직여야 하고, 평소에도 휴가를 해외로 나갈 짬은 없었기 때문이다. 하지만 그런 인내의 시간이 있었기에 국가원수의 개인 요리사로서 한국을 대표해 영광스러운 자리에 참석할 수 있었다. 음식에 바친 길고 긴 세월을 보상받는 기분이었다.

CCC 행사장에 들어서는 순간은 무척이나 설레고 긴장되었다. 미국, 영국, 프랑스, 이스라엘, 이탈리아, 모로코, 중국, 인도, 룩셈부르크, 핀란드 등 약 25개국 셰프들이 통일된 복장을 하고 한자리에 모인 모습은 장관이었다. 그 안에 내가 있다는 사실이 감격스러웠다. 공식적으로 CCC 정회원 메달을 수여받고 국회의사당 총리를 접견했는데, 그보다 더 기억에 남는 것은 다문화가정을 돕는 쿠킹클래스를 연 것이었다. 그 외에 르 꼬르동 블루에 가서 설탕공예 수업을 받는 등 다양한 활동을 했다. 물론 관련 행사는 주최 측 부담이었다. 르노와 에비앙 등 기업들의 후원이 있었기 때문에 가능했다. 다만 영어가 서툰 탓에 의사소통이 힘들어 다양한 대화를 나누지 못한 점이 아쉬웠다.

CCC 활동은 훗날 내가 청와대를 나와 오너셰프로 활동할 때뿐 아니라, 방송과 강의를 통한 후학 양성에도 큰 도움을 주었다. 20년 넘게 대통령을 모신 경험이 얼마나 귀중한 자산이며, 나의 노하우와 행보가 요리사를 꿈꾸는 후배들에게 얼마나 큰 도움이 될지 절감했기 때문이다.

경희사이버대학도 그 일환으로 출강하게 되었다. 강의는 심도 있는 조리 수업뿐 아니라 실무 경험을 가르치는 데 주력했다. 요리사는 음식만 잘 만드는 것이 아니라 사회에 잘 적응하는 인성 또한 중요하다는 판단에서였다. 신라호텔과 청와대라는 우리나라 최고의 주방에서 일하는 동안 정말 음식에 탁월한 재능을 가진 업계 동료와 선후배를 수없이 만났다. 그리고 그들과 아침부터 저녁까지 일하면서 요리는 재능이 전부가 아니라는 사실을 깨우칠 수 있었다. 역량은 그들보다 조금 부족할지라도 맡은 일에 최선을 다하고 타인을 배려할 줄 아는 이들에게 더 많은 기회가 찾아왔던 것이다. 물론 어깨 너머로 배우는 것도 훨씬 많았다.

그들은 더디지만 차근차근 실력을 쌓아 훗날 누구나 원하는 인재가 되었다. 그래서 나는 사람을 뽑을 때 재능보다 인성과 태도를 더 우선시한다. 그리고 그 선택은 늘 옳았다. 세상사 모든 일이 그러하듯이 혼자만의 재능으로 이룰 수 있는 것은 없다. 비단 요리뿐이 아니다. 동료가 없으면 내가 없고, 서로가 없으면 팀도 없다.

이런 생각은 청와대 주방에서 일하면서 더욱 공고해졌다. 김대중 대통령 재임 때 운 좋게 승진할 기회가 있었다. 김 대통령의 남다른 중식 사랑과 눈에 띄는 성실성 덕분에 운영관과 관리국장으로부터 생각보다 빨리 인정을 받은 것이다. 하지만 입사 동기 중 나 혼자만 승진 대상자라는 사실을 알고 제안을 정중히 사양했다. 한날한시 청와대에 들어온 동료들과 고생하는 선배들을 제치고 막내가 먼저 승진하면 주방 팀의 사기가 떨어질 것이 분명했기 때문이다. 당시에는 5년 뒤면 이곳을 떠날 수도 있다는 생각으로 승진에 연연한 나머지 팀워크를 해치는 우를 범하지 말자고 생각했다.

이는 동고동락하는 사람들과의 관계를 중시하는 개인적인 성향 탓이기도 했다. 대통령의 눈에 들어 빨리 승진한 대가로 시기와 질투의 대상이 되어 불편하게 일하고 싶지는 않았다. 조금 손해 본다는 생각으로 일하는 편이 나에게는 오히려 마음껏 역량을 발휘하기에 좋은 환경이라고 판단했다.

가끔은 이런 나의 판단을 두고 너무 세상 물정을 모르는 것이 아닐까 생각도 했지만, 역으로 대통령이 다섯 번이나 바뀌는 상황에서도 묵묵히 살아남은 비결이 아니었나 싶다. 새로운 정부가 들어설 때마다 내부적인 평판 조회가 이루어졌는데 그때마다 별다른 문제 없이 무난한 평가를 받을 수 있었던 이유이기도 했다.

주방에서 언성이 높아지는 일이 있으면 늘 객관적인 입장에서 생각하려고 노력했다. 일이 적은 날에는 솔선수범해서 설거지를 하거나 도와줄 일이 없는지 먼저 주변에 일손을 보탰다. 이명박 대통령 재임 시절부터는 조리팀장으로 일했는데 그때도 8명의 스케줄을 관리하며 늘 팀원들에게 우선권을 주었다. 비번을 정할 때도 제일 먼저 계약직 직원들부터 날짜를 정하게 한 뒤, 순번이 모두 정해지고 비어 있는 날을 개인 휴무일로 잡았다. 그렇게 해야 그들이 잘못했을 때 내가 리더십을 보여도 잡음이 없었다.

팀장이라는 이유로 갖은 실속은 다 챙기고 위력을 부려서는 결코 팀을 이끌 수 없다. 이는 싫은 소리 듣는 것을 반기지 않는 나의 성격 때문이기도 하지만, 사회생활을 통해 스스로 터득한 측면도 없지 않아 있었다.

청와대를 나온 후 인터뷰를 할 때마다 기자들이 나에게 공통적으로 던지는 질문이 하나 있다. 바로 20년이라는 긴 세월 동안 변함없이 대통령을 모실 수 있었던 비결에 관해서다. 그때마다 나의 대답은 한결같았다. 처음도 마지막도 "운이 참 좋았습니다". 그런데 돌이켜보니 어쩌면 그 운에 조금은 이런 나의 노력이 더해졌기 때문은 아니었나 싶다.

다섯 분의 대통령을 모시는 동안 요리사로서 더없이 귀한 경험을 할 수 있었다. 그분들이 몸소 보여준 각기 다른 삶의 태도와 사람을 대하는 자세는 국가원수를 떠나 그 어디서도 배울 수 없는 훌륭한 가르침이었다. 진정성이 녹아든 인간미와 섬세하고 강인한 리더십, 사람을 아우르는 언변과 소처럼 우직한 부지런함은 청와대를 떠나 새로운 출발을 하는 나에게 두고두고 되새겨야 할 소중한 지혜이자 삶의 동기다. 나는 참으로 운이 좋은 사람이다.

효자동메밀국수

🗲 재료(1인분)

생메밀국수 180g
생수 900ml
국시장국 150ml
건다시마 5g
가쓰오부시 3g
무 50g
청오이 1/2개
꽃소금 2꼬집
식초 3큰술
쪽파 2줄기
달걀 1개
구운 김 1/2장
생와사비 5g

⚙ 만드는 방법

1 생수에 희석한 국시장국을 냄비에 담아 건다시마를 넣고 팔팔 끓인다.

2 불을 끄고 난 뒤 가쓰오부시를 넣어 5~10분 정도 우린 육수를 시원하게 냉장보관한다.

3 오이는 반으로 갈라 씨를 제거해 어슷썰기한 다음 소금과 식초에 20분간 절여놓는다.

4 달걀은 알맞게 삶아 반으로 자르고, 무는 강판에 갈아 물기를 짜놓는다.

5 쪽파는 먹기 좋게 송송 썰고, 구운 김은 얇게 채 썬다.

6 냄비에 물 1500ml를 붓고 생메밀국수를 넣어 3, 4분 정도 삶는다. 삶은 국수는 찬물로 씻어낸다.

7 그릇에 삶은 메밀국수와 육수를 담고 그 위에 삶은 달걀을 올린다. 기호에 따라 무즙, 와사비, 쪽파, 구운 김, 오이채를 넣어 먹는다.

20년 4개월을
함께 걸었던 사람들

'20년 4개월 동안 총 다섯 분의 대통령을 모신 청와대 요리사.'

나의 인생에 훈장처럼 새겨진 이력이다. 그래서일까. 송구스럽게도 한 언론 매체에서는 24년간 여섯 분의 임금을 모신 황희 정승 다음으로 나라님을 많이 모신 인물이라고 기사를 실어주었다. 청와대에서 새로운 정부가 들어서기 시작하면 최측근들부터 바뀌는 것은 자연스러운 수순이다. 대통령의 삼시세끼를 책임지는 요리사라고 해서 예외는 아니다. 그래서 나처럼 특별한 경험을 한 요리사는 앞으로도 나오기 쉽지 않을 수 있다.

청와대에서 근무하는 오랜 기간 동안 나는 잠잘 때도 전화기를 머리맡에 둘 정도로 긴장 속에 살았다. 쉬는 날에도 대통령이 찾으면 청와대로 가야 했기에 늘 대기 상태에 있었고, 가족들과 여행도 한 번 가지 못한 채 젊은 시절 대부분을 주방에서 보냈다. 대통령이 국정을 운영하는 동안 경제 불안과 외교 위기가 이어지면 덩달아 우리도 긴장할 수밖에 없었다. 하지만 음식을 다 드시고 난 빈 그릇을 받아들 때면 참으로 감사했다. 그 순간만큼 마음이 편안할 때도 없었다.

요리사가 천직임을 깨닫게 된 것은 청와대에 들어온 직후부터였다. 태어날 때부터 남다른 미각을 자랑하거나 정식으로 학교에서 요리를 배운 것은 아니었지만, 성실성과 책임감이라는 원칙을 고수하며 변함없이 대통령을 모셨다는 사실만으로도 영광스러울 따름이다. 무엇보다 다섯 분의 역대 대통령은 내게 한 분과도 같았다. 전 국민이 성심으로 뽑아준 한 나라의 귀한 손님이 아니던가. 개인의 정치적 성향과 관점을 떠나 마음을 다해 모실 수 있었던 것은 그분들의 인간적인 면면들을 아주 가까이서 경험할 수 있었기 때문이다.

물론 청와대 요리사로 오래 일할 수 있었던 데는 함께 일한 동료들의 덕도 컸다. 내가 만난 업계 최고 실력자들은 요리의 전문

성뿐만 아니라 일을 대하는 태도와 위기관리 능력도 남달랐다. 대통령을 모시는 요리사로서 가장 중요한 것은 개인의 능력이 아닌 모두의 협업임을 잘 알고 있었기에 메뉴를 짤 때도 요리를 할 때도 서로 형제처럼 도움을 주며 근무했다. 그러다 보니 한식 요리사도 중식을 배우고, 중식 요리사인 나도 한식과 일식을 배울 수 있었다. 내가 이름 석 자를 걸고 지금의 중식당 천상현의 천상과 한식당 상춘재를 운영할 수 있는 이유이기도 하다. 지금 생각해보면 나의 모든 성장과 배움에 다섯 대통령과 훌륭한 동료들이 있었다.

마지막으로 이 책을 통해 고마움을 전하고 싶은 이들이 있다. 바로 나의 아내와 두 딸, 동료들 그리고 어머니이다. 아내는 청와대에 들어간 후로 변변한 남편 노릇도 하지 못한 나를 대신해 싫은 소리 한마디 없이 빈자리를 메워주었다. 덕분에 어린이날에도 아빠와 함께 보낸 기억이 거의 없는 두 딸은 잘 자라서 이제 어엿한 성인이 되었다. 미약하게나마 이 자리를 빌려 참 고마웠다고, 또 사랑한다는 말을 전하고 싶다. 이제는 가족에게 조금 더 표현하고 시간을 함께 보내는 가장으로 기억되었으면 한다.

청와대에서 보낸 20년 4개월 동안 동고동락했던 선후배 동료들, 김태웅(양식), 정찬부(한식), 김규형(한식), 이옥덕(한식), 박기홍(양식), 김진수(일식), 강태현(일식), 한상훈(양식), 박대순(한식), 김태중(한식), 서인교(한식)에게도 인사를 전한다.

끝으로 지금까지 버틸 수 있었던 것은 늘 정성 들여 따뜻한 밥상을 차려주신 어머니의 힘이 가장 컸다. 나에게 진정한 음식의 길을 보여준 어머니 김점임 여사에게 감사와 존경을 표한다.

대통령의 요리사

2023년 12월 6일 초판 1쇄 발행

지은이 천상현
펴낸이 박시형, 최세현

책임편집 윤정원   **디자인** 채미   **요리사진** (주)다믈스튜디오
마케팅 권금숙, 양봉호, 양근모, 이주형   **온라인홍보팀** 최혜빈, 신하은, 현나래
디지털콘텐츠 김명래, 최은정, 김혜정   **해외기획** 우정민, 배혜림
경영지원 홍성택, 강신우, 이윤재   **제작** 이진영
펴낸곳 (주)쌤앤파커스   **출판신고** 2006년 9월 25일 제406-2006-000210호
주소 서울시 마포구 월드컵북로 396 누리꿈스퀘어 비즈니스타워 18층
전화 02-6712-9800   **팩스** 02-6712-9810   **이메일** info@smpk.kr

- 사진제공: 천상현, 저자, 1998~2018
- 사진제공: 이형찬, 김효서, 박장용, 신혜성, 심현우, 천준교, 김지영, 한국관광공사, 2023

쌤앤파커스(Sam&Parkers)는 독자 여러분의 책에 관한 아이디어와 원고 투고를 설레는 마음으로 기다리고 있습니다. 책으로 엮기를 원하는 아이디어가 있으신 분은 이메일 book@smpk.kr로 간단한 개요와 취지, 연락처 등을 보내주세요. 머뭇거리지 말고 문을 두드리세요. 길이 열립니다.